L'Installation de la peur

Rui Zink

L'Installation de la peur

Traduit du portugais par
Maïra Muchnik

Agullo

Titre original : *A instalação do medo*
Publié en langue française avec l'accord de l'agence littéraire
Mertin Inh. Nicole Witt e. K., Francfort, Allemagne

www.agullo-editions.com

Conception graphique : WIPbrands

Ouvrage publié avec l'aide de la Direction Générale du Livre,
des Archives et des Bibliothèques au Portugal

REPÚBLICA
PORTUGUESA

CULTURA
DIREÇÃO-GERAL DO LIVRO, DOS ARQUIVOS E
DAS BIBLIOTECAS

I. Les visiteurs

Lorsque le roi d'ivoire est en péril,
Qu'importent la chair et les os
Des sœurs, des mères, des enfants ?

Ricardo Reis

La femme est nue – ce qui l'occupe à l'instant même se fait mieux sans vêtements –, c'est alors qu'on sonne à la porte.

La femme reste saisie. Immobile : une biche sur la route éblouie par des phares. Le cœur s'accélère. La femme pense. Ou essaie de penser.

On sonne à nouveau. La première chose qui lui vient à l'esprit : elle doit se chausser. Pas s'habiller ; se chausser. C'est stupide ? C'est comme ça. Une personne ne sait jamais comment elle va réagir. C'est donc toute nue, pieds nus, qu'elle va guetter.

La femme ne sait pas quoi faire. Seraient-ce des démarcheurs ? Un voisin ? Le facteur ? Pire : seraient-ce eux ?

Le petit. La femme va le chercher dans sa chambre, elle le réveille, pose un doigt sur ses lèvres. *Chuuuut, mon chéri, il va falloir rester silencieux. Tu crois que tu vas y arriver ? Exactement comme les autres fois.*

La femme sourit devant l'assentiment obéissant de l'enfant et lui dit de se cacher dans la salle de bains. Et surtout, de ne pas faire de bruit. La femme manque de se laisser aller à un bain de tendresse, mais le moment est mal choisi. On sonne encore. Après s'être assurée que l'enfant est bien caché et qu'il n'ira pas faire de bruit, la femme hésite puis saisit un pied-de-biche qu'elle coince derrière la porte. Ensuite, elle va pas à pas jusqu'à la cuisine, y trouve une robe de chambre et un tablier, enfile la robe de chambre et le tablier par-dessus, noué à la ceinture. Ensuite, elle s'aperçoit que c'est redondant et enlève le tablier. La sonnette retentit encore, cette fois plus pressante. La femme se dirige vers la porte pour ouvrir. Elle se rappelle qu'elle est pieds nus. On sonne à nouveau. La femme court mettre des chaussons et épie à travers l'œilleton.

Elle espérait qu'ils fussent encore en bas, mais non, ils sont déjà là. Quelqu'un leur a ouvert la porte de l'immeuble. Ou peut-être ont-ils un passe-partout pour ouvrir les portes de la rue ? Tout est possible, elle le sait d'expérience. Tout est possible par les temps qui courent. Le monde a les jambes en l'air. Et ce n'est pas pour procéder à une sympathique séance de copulation charnelle qu'il a les jambes en l'air. Non, le monde a les jambes en l'air parce qu'il a les jambes en l'air.

La sonnette retentit encore une fois. Suivie d'un toc-toc de jointures de doigts à la porte. Comme pour dire, les jointures de doigts à la porte : *Ouvrez, nous savons que vous êtes là, tout ce que vous direz pourra être retenu contre vous…*

Sur le seuil, deux hommes. L'un en costume cravate, élégant, élancé, nez et lèvres fins, mallette de technocrate à la main. L'autre plus trapu, large visage fermé, bleu de travail, boîte à outils dans une immense paluche.

— D-désolée, avec la machine à laver, je n'ai pas entendu…

À peine la femme a-t-elle prononcé le mensonge qu'elle comprend son erreur. De la cuisine ne parvient aucun bruit de machine à laver.

Les hommes regardent la femme comme s'ils ne regardaient pas la femme.

C'est curieux. Les hommes n'ont pas l'air menaçant. Bien au contraire. Celui en costume semble même plutôt loquace ; l'autre, en effet, est plus brut, lourd, absent.

— Bonjour, chère madame, dit celui en costume, de son air loquace. Nous sommes venus installer la peur.

— La p-peur ?

Celui en costume fait une moue de frayeur rhétorique.

— Madame n'a pas été prévenue (l'homme fait « alors » avec ses yeux) ?

La femme se mord la lèvre.

— Il faut vraiment que ce soit aujourd'hui ? C'est que j'avais déjà prévu…

L'homme au costume loquace reste cordial mais ferme :

— Chère madame, le progrès n'attend pas. C'est pour le bien du pays.

— Oui. Mais c'est que je n'étais pas prépar…

L'homme en costume prend un air contrarié :

— Ne me dites pas que madame est contre le bien du pays.

— Je…

— Ou contre le progrès.

— …

— Ou contre la peur.

La femme se mord la lèvre.

— Non. Bien sûr que non…

La femme aurait dû comprendre dès le départ que l'homme élégant en costume loquace ne désarmerait pas. Et non, il ne désarme pas.

— Madame n'est pas sans savoir que l'installation de la peur est un objectif patriotique. Directive n°359/13. Arrêté 8 : « La peur doit être installée dans tous les foyers dans un délai de cent vingt jours. » Vous connaissez l'arrêté, n'est-ce pas ?

— Eh bien, c'est-à-dire…

— Et la directive ?

— Oui…

— C'est important. Un événement mémorable. Crucial pour la bonne marche du pays. Il est crucial pour le bien de tous que l'installation de la peur s'effectue en bon ordre et en temps voulu et que les délais d'intégration soient respectés.

La femme lisse, simple tic nerveux, ses cheveux entre ses doigts. Certains y verront un geste de séduction, ou la manifestation subconsciente d'un intérêt érotique féminin. Pas nécessairement.

L'homme-élégant, qui, semble-t-il, est aussi beau parleur, poursuit :

— Madame comprend bien, n'est-ce pas ?

— Eh bien, c'est-à-dire…

L'homme sourit. Bien qu'encore jeune, il sait être paternaliste.

— Dites que vous comprenez, chère madame.

— Vous voulez que je… ?

L'homme hausse les épaules.

— C'est le protocole.

La femme serre ses cheveux entre le pouce et l'index.

— Oui… bien sûr…

L'autre, le technicien renfrogné, semble avancer. Il se peut très bien qu'il n'ait pas bougé d'un poil, ils n'ont pas encore franchi le seuil de la porte, mais il donne l'impression d'avancer. Une menace tranquille, la masse de cet homme.

L'élégant beau parleur hausse les épaules. Du moins, il semblerait que ce soit le cas. Un geste subtil, presque imperceptible. Ou la subtile annonce d'un geste qui n'a pas besoin d'exister pour exister.

— Je dis ça pour vous, chère madame… Le protocole est explicite. Tout citoyen qui, au troisième avertissement, n'aura pas confirmé qu'il comprend les instructions peut et doit (j'insiste sur le mot « doit » pour que vous compreniez bien, madame, que nous n'avons rien contre vous personnellement) faire l'objet de la sanction physique appropriée, choisie parmi celles qu'autorise la loi, et à la discrétion de l'équipe d'installation.

L'autre fait une grimace sinistre en forme de croissant de lune ascendante. Il se gratte les parties. S'agirait-il d'un message subliminal, explicite, ou rien de plus qu'un manque d'éducation pur et simple ? Comparé à ce rustre, le parleur est une mine de savoir-vivre.

Mais pas moins inquiétant pour autant.

— Vous comprenez, madame. Vous comprenez bien, n'est-ce pas ? Nous ne faisons qu'exécuter les ordres. Je suis sûr que vous comprenez. L'installation de la peur est faite pour votre bien. Pour le bien de tous. Alors, vous comprenez, n'est-ce pas ?

La femme acquiesce. Que peut-elle faire d'autre ? Que peut-elle faire d'autre que d'acquiescer ?

Le beau parleur susurre, soufflant la réplique à la diva oublieuse :

— Dites oui, chère madame.

— Ou-oui…

Le visage du beau parleur se détend, comme soulagé.

— Très bien, chère madame. Ceci signifie que nous pouvons donc entrer.

La femme n'a pas l'air de comprendre. C'est normal. Le beau parleur sourit. La femme pense, elles y pensent toujours : et si je m'y opposais, entreraient-ils quand même ?

Aurais-je commis une erreur fatale ? semblent dire les yeux de la femme.

Le beau parleur sourit. C'est toujours le moment qu'il préfère. Le doute. Elles pensent. Elles pensent toujours.

Laisse-les penser.

Avant même que la femme ait eu le temps de dire ouf, les deux hommes sont entrés. Le beau parleur s'essuie les pieds sur le paillasson. L'autre ne s'en donne même pas la peine.

Néopropriétaires, ils jaugent le salon. Du moins, ils en ont tout l'air. Néopropriétaires.

La femme regarde les deux hommes.

— S-souhaitez-vous que je vous montre le reste de la maison ?

Les hommes jaugent la femme. Elle a bégayé, trébuché sur le « s-souhaitez ». Ils sourient presque, complices. La femme doit se dire : c'est moi ou il y a de la moquerie dans leurs visages ? Certainement que oui, doit-elle se dire. Peut-être bien que non, que c'est juste une impression, doit-elle se dire aussi.

Les deux hommes s'en délectent. Rien n'est plus relaxant que de savoir les gens en train de penser ce qu'ils doivent penser.

La femme déglutit à sec, s'éclaircit la gorge.

— Vous désirez aller dans une des chambres ?

Les hommes la jaugent encore un moment. Il est manifeste que la femme ne sait pas au juste ce qu'ils vont faire.

Le beau parleur rompt enfin le suspense :

— Ce ne sera pas nécessaire, chère madame. Du moins pas pour le moment. La salle à manger convient parfaitement. Vous savez bien que de nos jours il n'est plus nécessaire de le faire dans les chambres. La salle à manger convient parfaitement. Nous aurons peut-être besoin, toutefois, d'utiliser la salle de bains.

La femme écarquille les yeux.

— Elle est hors service, s'empresse-t-elle de dire. Le plombier a dit qu'il passerait aujourd'hui…

Le beau parleur est compréhensif.

— Vous pouvez toujours attendre, madame. Les plombiers, c'est bien connu… Ils n'ont pas notre éthique. Notre sens des responsabilités.

Eux ne remarquent pas que la femme est soulagée. Ils sont trop occupés à occuper le territoire.

Le beau parleur se tourne vers son collègue.

— Dans ce cas, très bien. Allez, Sousa, procédons à l'installation.

L'assistant dépose sa boîte à outils, et c'est alors seulement, quand il la dépose, que la femme perçoit à quel point elle doit être lourde.

Dans sa main à lui, elle semblait aussi légère qu'une boîte-repas après le déjeuner.

— Et…?

Le fonctionnaire élégant beau parleur sourit, mielleux.

— Oui?

— Ça va être long?

— Le temps qu'il faudra, chère madame. Tout dépend du temps que prendra l'installation. Parfois, en une heure, c'est fait. D'autres fois… Ça dépend.

La femme baisse les yeux, résignée.

— Mais ne vous inquiétez pas, chère madame. Avec nous, le temps passe en un clin d'œil.

— Si vous le dites…

— Oh oui, chère madame. L'installation de la peur est chose rapide. Avant même que vous ne puissiez vous en rendre compte, elle est installée et prête à l'emploi. Autrefois ça prenait des années. Maintenant, avec les nouvelles technologies, c'est l'affaire de quelques minutes.

— Ou de quelques secondes, dit l'autre voix, la voix rauque, lourde, de l'homme que le premier appelle « Sousa ». À ce propos, où se trouve la salle de bains ?

— E-elle est hors service, dit la femme. Le plombier a dit qu'il passerait aujourd'hui…

— Merde, marmonne Sousa. Bon, si jamais j'ai besoin de retourner à la camionnette, j'en profiterai pour pisser dans un café. Sinon…

Et la femme comprend ce que « sinon » veut dire : que Sousa n'est pas homme à se retenir trop longtemps. Elle aurait dû cacher l'enfant dans la chambre, finalement. Maintenant il est trop tard. Avec un peu de chance, Sousa devra aller chercher d'autres outils…

L'homme au bleu de travail foncé dispose les outils sur le sol. La femme sait maintenant qu'il s'appelle Sousa – ou qu'en tout cas c'est son nom de guerre. Certains outils ont un air sinistre, d'autres, pas tant que ça. Il en est un ou deux que la femme ne reconnaît pas. Il en est d'autres qu'elle reconnaît ou en tout cas qui ressemblent à des outils qu'elle reconnaît.

Le beau parleur explique :

— Madame se sent hésitante, n'est-ce pas ? C'est bon signe, c'est le signe que l'installation de la peur a déjà commencé. Voyez-vous, chère madame, en matière d'installation, il y a une partie physique et une partie métaphysique.

La femme acquiesce.

— Autrement dit, il ne revient pas qu'à nous d'installer la peur, il faut aussi qu'il y ait de la part de nos concitoyens un état de disponibilité mentale (je dirais même « morale ») afin d'accepter la peur. Comme pour un signal. Non seulement il est important que l'émission du signal soit forte, mais il convient que la réception le soit aussi.

La femme acquiesce.

Le beau parleur ouvre les bras, éloquent.

— Madame pensait peut-être que, pour obtenir une émission forte, la réception, tel un pôle négatif, se devait d'être faible. Eh bien non. Non seulement l'installation de la peur est faite pour notre bien à tous, mais elle dépend également de la collaboration de tous.

L'homme continue de parler, mais Sousa se met à la perceuse et le bruit rend les mots difficilement audibles.

La femme hoche la tête, que peut-elle faire d'autre ?

Quand le bruit s'arrête, la femme entend des bribes :

— ... ce n'est pas que dans notre pays... voilà la question... un mot à dire.

Sousa se relève, agacé.

— Il va falloir que j'aille à la camionnette.

Le beau parleur soupire, contrarié.

— Désolé, chère madame. Il semblerait qu'il y ait un problème de matériel. Mais c'est une bonne nouvelle pour ta vessie, hein, Sousa ?

Sousa sort et descend les escaliers.

— Si vous voulez, vous pouvez prendre l'ascenseur, dit la femme.

Le beau parleur, dont, note la femme, elle ne connaît pas encore le nom, secoue la tête.

— Merci, chère madame, mais mon collègue est de la vieille école et il préfère emprunter les escaliers. Il n'apprécie guère les espaces confinés. Déformation professionnelle. Les gens ne se rendent pas compte, mais nous respirons parfois des vapeurs... Surtout le personnel de l'assistance technique. Ne vous inquiétez pas, notre Sousa est très compétent.

— Messieurs travaillent ensemble depuis longtemps ?

— À l'installation de la peur ? Ou avant ?

La femme ne dit rien. À vrai dire, elle a posé la question juste pour poser la question, non par réelle curiosité. Ce qu'elle veut, c'est qu'ils partent, le plus vite possible. Pour éviter les ennuis.

— Nous ne sommes pas amis, si c'est à cela que vous pensez. D'autant qu'entre nous il y a des différences d'échelons, et s'il y a une chose importante dans l'installation de la peur, c'est bien le respect des hiérarchies. La conscience de la place de chacun, vous comprenez ? Pas de mélanges. Pour ne pas créer de confusion. Quand chacun sait quelle est sa place, les choses fonctionnent mieux, vous voyez ? Et au fond, nous sommes là pour ça. Pour que la société fonctionne mieux.

— Je vois.

— Voilà pourquoi nous devons montrer l'exemple. Mais Sousa est un bon fonctionnaire, et je peux répondre de la qualité de son travail. Vous verrez, en un rien de temps, vous vous retrouverez avec une installation hors pair. Vous avez déjà lu les prospectus, non ?

— Heu… grosso modo.

Il hausse un brin le ton :

— Mais vous saviez qu'il fallait les lire, n'est-ce pas ? Pour nous faciliter la tâche…

— Je sais, mais…

Il se rapproche d'elle un peu plus. Presque bouche à bouche.

— Comme lorsqu'une femme reste seule avec un inconnu tandis que le collègue est allé chercher de la corde pour l'attacher, sous prétexte d'aller à la voiture chercher du matériel.

La femme frémit.

Le beau parleur continue :

— Un inconnu qui va peut-être la…

La femme écarquille les yeux.

Le beau parleur continue :

— Ne conviendrait-il pas, pour leur faciliter la tâche, qu'elle aille passer une tenue plus confortable, ou même qu'elle commence à se déshabiller et à se mettre dans une position plus adéquate ?

La femme parvient à dire :

— Mais… et si elle résistait ?

— Résister ? Résister à quoi ? Elle est une femme, il est un homme, il est plus fort qu'elle, il est armé, elle est seule chez elle, elle a commis l'erreur (crasse) de leur ouvrir la porte, et maintenant elle est sans défense. Et le collègue (ou l'ami, le complice, l'acolyte) est sur le point d'arriver, on entend déjà ses pas dans l'escalier, ses grognements, il grogne d'avance, un mélange de fatigue, de colère, de libido et de tensions accumulées, et la femme sait qu'il n'y a pas d'autre issue, elle sait qu'elle est perdue, qu'elle est entre leurs mains, qu'elle n'est rien d'autre qu'un jouet entre leurs mains, et que tout ce qu'elle pourra éprouver ne les fera que jouir davantage. Douleur, plaisir, tout cela n'est rien d'autre qu'un jeu, elle ne sera rien d'autre (dans les prochaines heures) qu'une esclave (un ustensile) dont ils se serviront selon leur bon plaisir.

La femme recule. Mais il n'y a nulle part où reculer, elle est déjà adossée au mur, et le visiteur respire presque tout contre elle.

— Dans une telle situation, une situation potentiellement en tout point identique ou semblable à celle-ci, ne serait-il pas plus raisonnable oui, ne serait-ce pas tout de même la chose la plus raisonnable que de leur faciliter le travail en collaborant le plus docilement possible avec ses potentiels bourreaux, dans l'espoir (vain, mais espoir malgré tout) que sa soumission lui vaille de leur part une once de pitié ?

Son souffle à lui est maintenant vraiment sur son visage à elle. C'est désagréable. Non pas qu'il ait mauvaise haleine. C'est plutôt qu'il n'en a pas du tout.

— Un petit bout de femme qui ouvre la porte à des *inconnus* ? Et les laisse franchir (le seuil de la porte) sous prétexte qu'ils viennent procéder à une simple installation ? Cette femme déraisonnable ne serait-elle pas en train de *les chercher* ? La faute à qui s'il lui arrivait quelque chose, si les hommes lui faisaient des choses, si si si ? Qui nous dit qu'elle ne serait pas là, au fond, à désirer ce qu'elle redoute ?

Le beau parleur marque une pause. La femme semble sans voix.

Le beau parleur rit.

— Je plaisante. Si vous voyiez votre tête, chère madame. Allez vous regarder dans le miroir si vous voulez.

La femme secoue la tête. Elle se sait livide. Elle n'a pas besoin d'un miroir pour le savoir. *Miroir, ô mon beau miroir, dis-moi qui est la plus pâle.*

Le beau parleur prend un ton condescendant :

— Vous voyez ? Nous n'avons pas encore terminé l'installation que madame se trouve déjà dans cet état. Cela prouve bien l'efficacité de nos méthodes, le pouvoir de notre technologie, la qualité de nos produits.

La femme reprend son souffle.

— Je n'avais pas peur…

Le beau parleur sourit.

— Bien sûr que si. Pourquoi dire le contraire ? Madame, ne rejetez pas d'emblée une science dont vous ignorez tout.

La femme ne dit rien. Le beau parleur rit, autosatisfait.

— Mais il est vrai qu'avec vous c'est bizarre. Pardonnez-moi de vous le dire, chère madame, mais les femmes sont toujours un peu bizarres. Pour nous les hommes, du moins. Je ne sais si vous, mesdames, l'êtes pour vous-mêmes. Je suppose que dans ce cas c'est peut-être même le contraire.

On frappe à la porte.

— Ce doit être Sousa. À moins que madame n'attende des visiteurs surprises. Attention, par les temps qui courent, ce n'est pas très prudent.

— C'est peut-être le facteur…

— C'est vrai. Ou le plombier. Madame n'attendait-elle pas le plombier ? À cause du problème dans la salle de bains ?

La femme ne dit rien.

— Je parie dix contre un que c'est Sousa.

Et c'est lui. Sousa. Avec son air mauvais. Le même air mauvais avec lequel il avait descendu les escaliers.

Le beau parleur, qui en rajoute :

— Vous voyez bien que j'avais raison. Ce n'est pas pour me vanter, chère madame, mais nous avons toujours raison. C'est notre destin pour ainsi dire.

II. Installation

La peur aura tout
Presque tout
Et chacun de notre côté
Nous finirons tous par devenir
Presque tous
Des rats
Oui
Des rats

Eugene O'Neill

La femme et le beau parleur sont assis, ils boivent du café d'orge. Elle a préparé du café d'orge, c'est tout ce qu'il y avait à la maison. Ils boivent du café d'orge. Sousa travaille. La femme ne s'intéresse pas aux détails de l'installation. Câbles, branchements, vis, bruit de perceuse. Au bout d'un quart d'heure, une partie du mur est déjà recouverte d'enduit et le sol, sali par la poussière et les débris, mais la femme n'ose pas protester.

Ils ne parlent pas. La femme ne veut pas parler – de quoi parlerait-elle ? Du temps, du coût de la vie, du mauvais temps, du coût de la vie, du beau temps, du coût de la vie, de ce que la vie est difficile dernièrement, de ce que les jeunes n'ont pas leur avenir assuré, de la difficulté à trouver du travail, de ce que les jeunes d'aujourd'hui ne connaissent rien à rien et les jeunes d'hier ont mal vieilli, du temps, du coût de la vie, du chômage, de la série télé, du temps, du temps, du temps ?

Et eux ils n'en savent rien, et même en rêve, ils n'en sauront rien, la femme pense au petit caché dans la salle de bains. Combien de temps les enfants peuvent-ils tenir sans faire de bruit ? Enfin, peut-être s'endormira-t-il ? C'est ce qui pourrait arriver de mieux.

Nan, la femme ne veut pas parler. Et à sa place, n'importe qui aimerait, dans la mesure du possible, rester en silence. Au moins tant qu'ils seront là. Elle sait ce qui l'attend, elle sait aussi qu'elle ne sait pas ce qui l'attend. Et si la femme pouvait parler (si elle en avait envie), que dirait-elle ? Ce qui tourmente son âme ? Jamais de la vie. Quand on a une âme, facile de dire ce qui la tourmente. Et quand on n'en a plus ? Des temps sans âme exigent des gens sans âme. Le désert désertifie. La soif assèche. La solitude résonne. Que d'évidences, le train des choses et ses dommages collatéraux…

La femme regarde du coin de l'œil l'homme en face d'elle, placidement assis devant une tasse qu'il effleure à peine de ses lèvres fines et pâles, des lèvres presque non-lèvres. *Ils n'ont pas d'âme*, se dit-elle bouche fermée. Peut-être. Peut-être n'ont-*ils* pas d'âme. Et elle, en a-t-elle encore une ? Nan.

Même le beau parleur semble par moments (du moins tant qu'il y a du bruit) fatigué de parler. Il semble à son aise par ailleurs, placidement assis. Son collègue aurait pu être boxeur ou homme de main engagé dans de délicates vengeances. Ce beau parleur est tout le contraire : la moindre chose qu'on puisse dire, c'est que ses habits de businessman lui vont bien. La femme lui est presque reconnaissante de ne pas lui demander si elle a des enfants, ce qu'elle fait dans la vie, etc.

Ils restent ainsi assis encore quelques minutes. Enfin, le bruit de la perceuse, des coups de marteau, du métal grattant le verre, le plastique et même le métal, cesse. Le visage du beau parleur reprend vie. Ou ce que vous voudrez que leurs visages reprennent.

— Vous voyez, chère madame ? C'est vite passé.

La femme pense peut-être : alors c'est maintenant qu'ils partent ? Ils partent et me laissent seule (tranquille), avec ce qu'ils auront installé dans cette maison, peu importe quoi ?

Si c'est bien ce que pense la femme, elle est déçue par le beau parleur.

— Manque encore la démonstration.

Puis, voyant ce qu'il estime être l'affliction de la femme, il ajoute :

— Ne vous inquiétez pas, ce ne sera pas très long non plus.

La femme tente sa chance :

— Inutile de vous déranger…

— C'est pourtant nécessaire, chère madame. Ce serait aller à l'encontre du protocole. Nombreux sont ceux qui pensent le contraire, mais nous sommes là pour vous servir.

— Je peux très bien lire le prospectus… les instructions.

Le beau parleur en vient presque à poser un doigt sur ses lèvres. Presque. Nul besoin de mouvement pour qu'elle le sente. Le mouvement.

— Pas un mot, chère madame. Pas un mot.

Ils se lèvent. Se dirigent vers le salon.

Le salon est dans l'obscurité. La femme ne les a pas vus toucher aux interrupteurs, mais peu importe. C'est obscur, dans tous les sens du mot « obscur ». Et on dirait que ça s'est refroidi au salon. Deux ou trois degrés de moins. Ou plus. C'est-à-dire, encore moins. Plus moins.

Sousa allume une torche, il la serre contre sa poitrine et la pointe sur son propre visage, qui en devient spectral, digne d'un film d'horreur. Sa voix, cette fois, est étonnamment suave ; elle ne s'accorde pas à son corps et n'a de brutal que la netteté avec laquelle il articule les mots. Une voix d'animateur radio dans un corps quasimodo.

— La nature. Peu de choses effraient autant les humains que la nature. Le monde est effrayant, la nature est effrayante. Saviez-vous que l'Australie abrite 80 % des animaux les plus dangereux de la surface de la Terre ? Serpents venimeux, poissons larguant des toxines létales, crocodiles d'eau salée, requins blancs, monstres de Tasmanie. Mais l'Australie, c'est loin, n'est-ce pas ?

La voix du beau parleur sort sur un ton de fausset :

— Faux. L'Australie est aujourd'hui plus proche que jamais. L'Australie, aujourd'hui, c'est ici.

— Et l'Inde, c'est ici aussi, avec ses cobras ; l'Afrique et ses mambas noirs ; l'Amazonie et ses tarentules, ses piranhas et ses anacondas pouvant atteindre jusqu'à vingt-cinq mètres…

— Du moins au cinéma… Le dernier film est même en 3D.

— Le monde entier est *ici* désormais. Les imprudents

ramènent des animaux dangereux de pays dangereux comme si c'étaient des mascottes.

— Ou font du trafic clandestin d'espèces rares pour des zoos privés.

— Ou, sans s'en rendre compte, laissent une poignée de tarentules entrer dans leur valise.

— Un serpent qui se love entre les chaussettes et les chemises sales pour hiberner…

— Et puis, ces animaux s'échappent.

— Ou sont jetés dans les toilettes une fois découverts.

— Comme les crocodiles, tellement mignons quand ils sont bébés, mais d'un seul coup ils se mettent à grandir de façon embarrassante…

— Et ils atteignent l'âge adulte dans les égouts.

— Un conseil, chère madame.

— Un bon conseil.

— Ne descendez jamais dans les égouts de la ville.

— Je sais que…

— Ce qu'on jette dans les toilettes…

— Peut parfois remonter par les toilettes.

— Mais seulement, pas par les mêmes toilettes.

— Par d'autres.

— Par les nôtres.

— Par les vôtres.

— Pensez-y, chère madame.

— La prochaine fois que vous vous assiérez sur le trône.

— La jupe à la ceinture, les chaussettes aux genoux.

— Sans défense.

— La partie la plus vulnérable du corps exposée à tout ce qui pourrait remonter par les tuyaux.

— Et...

— Tout à coup, quelque chose remonte.

— Mord.

— Un cobra !

— Venimeux.

— Un scorpion !

— Venimeux.

— Un être mutant avec des yeux en ventouse !

— Remonte par les tuyaux et nous prend par surprise.

— Le danger n'attend pas, chère madame. Le danger guette.

— Nous ne pouvons jamais relâcher l'attention, pas même en lisant un magazine aux toilettes.

— La peur de la nature ne s'arrête pas là.

— En effet. Elle ne s'arrête pas là.

— La peur des animaux féroces.

— Des cobras surtout.

— Ou des piranhas.

— Ou des anacondas.

— Les anacondas sont des cobras.

— En effet.

— Cela reste l'une des plus belles peurs pour un grand nombre de nos clients.

— Une peur de tradition.

— Une peur respectable.

— Une peur qui a ses parchemins.

— Des mots, à quoi bon ? Une peur *naturelle*.

La lumière revient au salon. La femme cligne des yeux. Le beau parleur avertit :

— Prenez garde, chère madame. La lumière, c'est bien connu, aveugle.

Le beau parleur marque une pause, savourant les implications philosophiques du dicton, avant de dire :

— Mais supposons que ce ne soit pas pour vous la peur idéale.

— Supposons...

— Convenons-en, combien de serpents remontant par les toilettes peuvent exister dans une même ville ? Les statistiques peuvent être un bon allié de la peur, mais trop souvent, elles la sous-estiment. Probablement, comme on dit, « ça n'arrivera qu'aux autres ». Pendant quelques jours, d'accord, nous pourrions redouter de nous asseoir sur les toilettes et scruter sous notre lit pour vérifier qu'il n'y ait pas d'intrus, mais ensuite, inévitablement, notre attention se relâcherait et...

L'espace d'une seconde, il vient à l'esprit de la femme que Sousa va rebondir, mais non, il n'est loquace que quand il veut. Ou quand il peut. En attendant, ici, même elle trouverait la chute.

Et nous commencerions à en oublier l'angoisse ressentie quelques jours plus tôt.

Le beau parleur parachève le raisonnement :

— Et nous oublions peu à peu l'effroi que nous sentions, l'angoisse qui nous laissait à peine dormir, qui ne laissait pas même nos intestins fonctionner normalement.

— Car c'est là un des nombreux effets de la peur :

nous cessons de contrôler nos intestins, c'est par là que la peur nous prend d'abord.

— Par le bas.

La femme soupire. Le beau parleur le note mentalement, avec satisfaction. Il sait ce qu'elle pense : *Ceci est une torture.*

La fille ne se doute pas que la torture ne fait encore que commencer.

— Notez bien, dit-il avec douceur. La peur n'est pas seulement nécessaire, elle est aussi attractive. Éducative. C'est la plus belle façon d'expliquer le monde, d'ordonner le monde. Il n'est qu'à voir l'exemple des plus jeunes. Pour eux, il y a des monstres sous le lit, il y a des fantômes dans les maisons. Une rue calme peut être une forêt sombre et menaçante, une mer de velours pleine d'yeux aux aguets, oui, aux aguets.

La lumière s'éteint et, de nouveau, la voix de Sousa s'impose dans l'obscurité. Cette fois cependant, il ne se sert plus d'une torche, cette fois, il y a un net changement : un hologramme multimédia, tellement palpable qu'il en paraît vrai. La femme écoute la plainte du vent au milieu d'une forêt abandonnée, on la distingue à peine mais une petite silhouette – un garçon – avance résignée entre des arbres décharnés, par un après-midi d'automne, la terre recouverte de feuilles.

La femme frémit sincèrement pour la première fois. Elle croit presque reconnaître le petit garçon. Puis elle voit que c'en est un autre. Mais tellement, tellement ressemblant…

UN JOUR, SANS CRIER GARE, LA MÈRE ENVOIE SON FILS DANS LES BOIS, pour qu'il se perde dans les bois et qu'il y soit dévoré par les loups. L'enfant ne comprend pas les raisons d'une telle cruauté, mais que faire ? Alors il y va, il obéit – que faire ? Que faire contre la volonté cruelle et inexplicable de sa propre mère, qui l'accompagne à l'orée du bois pour le laisser seul au cœur de ce labyrinthe sans retour ?

Et n'y a-t-il pas mère plus indigne, au comportement plus proche de celui d'un ogre que d'une mère aimante ? Et il est clair qu'elle sait, cette mère perverse, elle sait ce que l'enfant devine : que le bois est plein de dangers. Il n'y a pas que les loups et les ogres et les esprits malins, il y a aussi une famille d'ours, et des renards rusés, et peut-être des dragons qui crachent du feu, et même une sorcière avec son chaudron fumant qui ne bouderait pas un tendre bambin si l'un d'eux venait à se perdre dans les bois.

Du fait de la négligence des parents ou (comme c'est le cas ici) de la morale sordide d'une mère désabusée.

Le garçon tente cependant d'affronter le labyrinthe avec ses armes à lui, c'est-à-dire aucune, et il sème quelques miettes de pain sur son chemin, mais les corbeaux les mangent ; il remplace alors les miettes de pain par des cailloux, tout en se demandant s'il n'est pas déjà trop tard, il ne sait déjà plus s'il arrivera à retrouver le chemin du retour vers la maison.

De toute façon, pour l'heure, sortir du bois n'est pas son problème. Pour l'heure, son problème est de survivre dans les bois. Quant à en sortir, mort ou vif, la question est remise à plus tard.

Les branches des arbres se muent en bras grotesques, et le vent transforme le bois en une mer d'êtres furieux, qui rient et hurlent et gémissent, et l'enfant ne sait si les arbres le plaignent ou le moquent, s'ils veulent l'effrayer ou essaient de l'attraper. À chaque pas, il imagine les racines prendre vie et sortir de terre pour lui emmêler les pieds, comme les tentacules d'un poulpe géant et végétal.

Tous les bruits font peur. Il se peut qu'un hérisson fouineur soit un loup affamé. L'enfant a faim mais n'ose rien cueillir, pas même les fruits tombés à terre. Il se peut qu'ils soient vénéneux, comme les champignons vénéneux.

Enfin, il arrive dans une clairière, et dans cette clairière il y a une cabane, et par la cheminée sort un peu de fumée. La cabane est une désolation, mais c'est aussi malgré tout une oasis d'humanité au milieu de l'absurde bois-labyrinthe. Il pousse la porte. Elle grince comme si elle n'avait pas été ouverte depuis des années. La cabane dégage une odeur fétide de graisse fondue et de crasse accumulée, mauvaises odeurs et sol collant. La cabane pue le temps accumulé.

Pourtant, la fumée qui sort par la cheminée et le chaudron en cuivre, où quelque chose mijote à feu doux, indiquent que la cabane est habitée. Qui que soit celui qui y vit, celui-là ne doit pas être bien loin – il est peut-être parti chercher du bois, ou des plantes pour aromatiser la terrifiante nourriture. Le garçon sent quelque chose lui frôler la tête et frémit. Une chauve-souris ? Une araignée ? Apeuré, il lève les yeux : un saucisson, une sorte de saucisson, de la taille d'un sac de farine.

Le garçon regarde tout autour. Pendus au plafond comme des cocons de vers à soie, un, deux, trois, quatre… six saucissons géants. Celui qui vit là doit avoir un bel appétit.

C'est alors qu'un des saucissons émet un cri.

Et le garçon découvre que ce ne sont pas des saucissons. Ce sont des enfants !

Des enfants comme lui, pendus la tête en bas, entortillés comme des cocons (une image que reprendront plus tard les films de science-fiction). Accrochés au plafond, attachés par une corde et – l'un d'eux ouvre les yeux. C'est une fillette et… elle est vivante ! Elle voit le garçon. Tous ces saucissons humains sont vivants ! Tous ces saucissons humains sont des enfants.

Les yeux de la fillette implorent son aide. Mais lui, qui n'est aussi qu'un enfant, que peut-il faire ?

Alors, le garçon comprend tout. Cette maison est celle de la sorcière ! Il la connaissait déjà de nom – il sait désormais que le lieu existe réellement. Et la mère n'aurait pu ignorer qu'il était réel. Pour quelle raison sa mère – la mère – l'a-t-elle envoyé dans cet endroit horrible, fétide, ténébreux ? Le garçon ne comprend pas. Mais ce n'est pas le moment de ressasser : un sixième sens lui dit que la sorcière est déjà sur le chemin du retour. Mieux qu'un sixième sens : la Terre tout entière semble trembler à mesure qu'approchent les pas. Ce ne peut être une simple sorcière. Il doit aussi y avoir là un…

Un ogre !

Au moment où l'ogre pénètre dans la maison, courbant péniblement le dos, l'enfant pourrait saisir l'occasion et l'assommer d'un coup de massue. Le garçon est trop petit et ne prend pas le risque, préférant s'enfuir par la fenêtre. Le garçon a pitié des autres enfants, mais – que faire ? Les téléphones portables ne sont pas autorisés dans le bois enchanté, et puis, on ne lui a pas encore appris à appeler la police. Et la police s'en ficherait pas mal, si par hasard il appelait. La police penserait qu'on lui joue un tour : une blague ou une farce !

Il commence à faire sombre dans les bois. Néanmoins, grâce à son instinct, à sa chance, à sa bonne vue aussi, le petit garçon parvient à suivre le chemin de cailloux et, sans bien savoir comment au juste, à rentrer chez lui.

Quand il arrive chez lui, presque froide et indifférente la mère dit seulement :

— En voilà une heure pour rentrer ! Lave-toi les mains et viens manger.

Comme ça. Sans peur. Sans culpabilité. Sans remords.

En voilà une heure pour rentrer ! Lave-toi les mains et viens manger.

La lumière s'allume. Ils sont de nouveau au salon, tels qu'ils s'y trouvaient quelques minutes auparavant.

Le beau parleur ouvre les bras.

— Voilà ce qui arrive à tous les enfants à la rentrée des classes, à vous aussi probablement, sauf que vous ne vous en souvenez pas.

La femme n'a pas l'air de comprendre. Patient, didactique, le beau parleur explique :

— L'enfant ne comprend ni la cruauté des parents (généralement de la mère), ni l'absence de surprise de leur part quand, contre toute attente, ils rentrent à la maison sains et saufs. La vérité, c'est qu'ils ne rentrent pas « sains et saufs », n'est-ce pas ? Quelque chose a changé. Quelque chose s'est cassé ce jour-là. Pas pour tous. Cela dépend des professeurs, des camarades…

— Cela dépend aussi de l'enfant, dit la femme.

Le beau parleur sourit.

— Oui, cela dépend aussi de l'enfant. Mais reste une violence, un frisson, une cicatrice. Une tache. On ne peut réparer ce qui a été cassé.

La femme ose dire :

— Bon, mais c'est à cela que servent les histoires, non ?

Le beau parleur, tête inclinée :

— Vous avez deviné. C'est à cela que servent les histoires comme celles-ci. Elles sont la traduction exacte de ce qui se passe réellement, la traduction en une langue compréhensible par le subconscient. C'est lui qui commande pour de bon, vous savez cela, n'est-ce pas ? Je vois que vous êtes une femme intelligente. J'ai pris le temps de vous observer et je vois que, malgré tout, vous êtes une femme intelligente. C'est justement pourquoi vous allez apprécier notre produit. C'est aussi bien que ce qui se fait à l'étranger. Je dirais même que c'est mieux, mais je ne tiens pas à être accusé de préjugés patriotiques. Je laisserai madame se faire sa propre opinion.

— Merci.

Le beau parleur croit percevoir une pointe d'ironie dans les remerciements de la femme. Ou peut-être pas. Il laisse passer.

— Peut-être madame est-elle en train de se demander si cette histoire fait réellement peur…

La femme hésite, puis répond :

— Oui ?

— Ou si, au contraire, elle aide à combattre la peur.

La femme hésite, puis répond :

— C'est-à-dire que…

Le beau parleur prend un air circonspect.

— C'est possible. Les médicaments ne produisent pas toujours les effets désirés. Moi, personnellement, je crois que, plutôt que l'un ou l'autre, c'est un peu des deux.

— Et c'est bien ça ? ose demander la femme. Je veux dire, pour un technicien de la…

Le beau parleur regarde la femme. L'espace d'une fraction de seconde il en vient presque à se demander : serait-elle en train de le *défier* ?

Nan, tranche-t-il. De la simple curiosité. C'est tout le problème avec les femmes, quand elles sont curieuses, elles ont l'air de nous défier. Rien de plus. Je viens de lui coller il y a un instant une peur pédagogiquc, cllc pcnsait que j'allais la violer *ici* et *maintenant.*

Et il se peut que le beau parleur ait raison. Il n'y a pas lieu de comprendre son ton à elle autrement.

Curiosity killed the cat : la petite dame ne le sait-elle donc pas ? Ou peut-être le sait-elle, puisque c'est un dicton. Mais ce qu'elle ne sait pas, probablement, c'est que la curiosité n'a pas tué que le chat ou la chatte. Elle a aussi tué le chien, la chienne, le canari, la canarie, la voisine du dessous et la planète tout entière. Voyons voir ce qu'elle va faire de cette information.

Le beau parleur sourit de toutes ses dents, canines comprises.

— Bien, admettons que ce sont là des peurs, disons, infantiles. Donc des peurs à l'état d'embryon. Il est toutefois important de les proposer à nos clients. L'enfance est un lieu où les gens se sentent à leur aise, et il est primordial pour nous que les citoyens se sentent à leur aise quand ils retournent en enfance, mais pas trop. Une certaine ambiguïté est de mise, nécessaire même. Le produit se doit d'être proposé et disponible, pour la simple et bonne raison que de nombreuses familles ont chez elles des enfants. Ce que nous offrons, pour le moment, c'est un Instrument de Changement. Le voici.

Le beau parleur montre l'Instrument de Changement. Qui ressemble à peu de choses près à une télécommande.

— Cela ressemble à peu de choses près à une télécommande, n'est-ce pas ? Mais c'est beaucoup plus que cela.

La femme ne répond pas. Le beau parleur poursuit :

— Oui, c'est beaucoup plus que cela. C'est un Instrument de Changement. Grâce à ce petit objet, tout foyer a accès à l'installation de la peur.

— Mais… l'installation, n'est-ce pas ce que votre collègue vient tout juste de faire ?

Le beau parleur a un sourire condescendant. Si l'insinuation le blesse, elle ne lui fait pas perdre la face. L'insinuation que Sousa serait le seul responsable de l'installation de la peur, et qu'il se serait contenté, lui, de bavarder pendant que son collègue travaillait dur. Un professionnel à toute épreuve, le beau parleur.

Et encore heureux, parce qu'il n'est pas dit que la femme ait voulu insinuer quoi que ce soit. C'est une simple hypothèse.

— Très chère madame, l'installation de la peur, c'est tout un processus. Nous n'en sommes qu'à la phase initiale, celle qui dépend de nous. Comme vous allez bientôt pouvoir le constater, l'installation de la peur n'est pas un acte, c'est un océan d'actes, c'est un mouvement continu (qui sait ? perpétuel) qui fonctionnera d'autant mieux qu'il pourra compter sur la collaboration de tous.

Sousa regarde de nouveau la scène avec indifférence. La femme a remarqué qu'il a palpé ses poches. En quête d'une cigarette ? Vont-ils fumer ici ? Et que dira-t-elle si l'homme se mettait à fumer ? Que pourra-t-elle dire s'il se mettait à fumer ?

Le beau parleur se frotte les mains.

— Ce genre de peurs, de croquemitaines, méchantes sorcières, de chaudrons où l'on fait bouillir des gens coupés en petits morceaux, de corbeaux qui croassent, branches d'arbres sombres et vent hurlant plus fort qu'une meute, n'est peut-être pas adapté aux personnes plus mûres. Non pas que madame soit « mûre », ce n'est pas ce que je dis, entendons-nous bien. Madame est excellente, en excellente forme, pour autant que je puisse voir.

Sousa s'éclaircit la gorge. Serait-ce un assentiment ou un signal ? Et si c'était le cas, un signal pour qui ? Si c'était un assentiment – s'éclaircir la gorge, comme si nous avions un crachat coincé, pris d'envie de sortir mais incapable de le faire par lui-même –, il y a deux possibilités. Cela peut signifier qu'il est d'accord, que oui, la femme a encore de bons restes, et qu'elle est bien appétissante. Cela peut tout aussi bien signifier que, puisqu'elle est appétissante, ils pourraient peut-être…

La femme ne dit rien. Elle pense, peut-être. C'est drôle comme la peur paralyse la pensée, c'est drôle aussi comme elle nous pousse à penser. Tout est très drôle, pense (peut-être) la femme. Mais où tout cela nous mène-t-il ?

Le beau parleur sourit.

— Peut-être madame pense-t-elle que ces peurs ataviques sont pour les enfants. Et qui sommes-nous pour vous contredire ? Le client a toujours raison. Eh bien, figurez-vous que nous avons aussi des peurs pour adultes. Il ne manquerait plus que ça, que l'installation de la peur n'ait pas de produits pour adultes ! Il y en a. Et plein. Dont certains, laissez-moi vous le dire, tout à fait modernes.

La femme sent le regard de Sousa sur sa robe de chambre. Probablement, la femme a un frisson.

Comme s'il savait qu'elle ne portait rien en dessous. Comme si ce regard brut, indifférent, que seul son propre intérêt intéresse, tel celui d'un crocodile épiant paresseusement une antilope qui s'approche de l'eau, était en train de la déshabiller.

Non, pas de la déshabiller.

Plutôt comme s'il l'avait déjà déshabillée.

— Oui, dit le beau parleur. Les peurs pour adultes, ce n'est pas ce qui manque. Et, vous allez voir, c'est quelque chose.

VOUS VIVEZ DANS UN QUARTIER QUI DANS LE TEMPS FUT UN QUARTIER mais, aujourd'hui, c'est une sorte de ville fantôme, un lotissement moderne troué de larges avenues. Il y a des années de ça, ils ont construit un viaduc qui a fait de cette zone un quasi-désert, qui l'a vidée de tous ses commerces et l'a transformée en un dortoir austère, hostile, une scène de Far West, où quiconque peut voir les arbustes balayés par le vent sur l'asphalte que n'emprunte presque plus aucune voiture. Des gens y habitent encore mais ils ne sortent que dans leurs autos par leur garage, rares sont ceux qui osent marcher à pied dans les rues – pour aller où ? Pour faire quoi ? Les cafés sont presque tous fermés, les magasins ont disparu, partout des panneaux annoncent à vendre, à céder, à louer, mais qui voudrait ouvrir un commerce au milieu de nulle part, rien que des immeubles, des immeubles et encore des immeubles ? Il est peu de choses aussi tristes qu'une large avenue où les voitures ne passent pas. Le viaduc a détruit le quartier et promu « la ville » – une ville déserte. Seul le squelette des barres d'immeuble est là pour rappeler ces villes fantômes perdues à la frontière, construites à l'heure d'une quelconque ruée vers l'or puis, vidées de leurs habitants, moribondant malheureuses.

Vous vivez dans ce quartier et vous vous y sentez comme la dernière habitante sur Terre, comme dans un film de morts-vivants. Il doit bien y avoir d'autres êtres, mais ce sont des ombres, ils ne sont pas comme vous, on ne peut pas leur faire confiance, ils sont dangereux, ils ont d'autres coutumes, des pratiques ancestrales, ils portent le mal en eux. Vous ne vous jugez pas mauvaise, encore moins raciste ou xénophobe, « xénophobe ta sœur oui », avez-vous l'habitude de grommeler entre vos dents, quand on vous censure pour avoir pensé ce genre de choses. La censure est dans votre tête, bien entendu, ce sont les autres dans votre tête, car vous n'osez pas dire ce que vous pensez, avec le politiquement correct de nos jours on ne peut même plus dire ce qui tourmente notre âme, on aimerait bien mais on ne dit pas, on se tait, ils sont arrivés ici sans rien et sans rien ils sont restés, mais ils ont tout, comme s'ils étaient les maîtres ici. Un vrai bonheur.

Vous vous sentez enfermée, prisonnière, affaiblie, vous êtes sur vos propres terres mais tout se passe comme si les terres étaient à eux, vous ne savez plus sur quelles terres vous êtes, vous avez grandi ici, vous êtes née ici mais vous ne reconnaissez plus le quartier, tout a changé, les magasins ont fermé, le commerce est mort, il n'y a plus que des vieux, cloîtrés dans leurs appartements, qui ont peur de sortir dans la rue, ou des résidences fermées, leurs portes gardées par des vigiles, dont les habitants ne sortent qu'en voiture blindée, la porte du garage s'ouvre, ils regardent sur les caméras si la voie est libre – et hop, ils filent en direction du centre, vers les tours de métal miroitant du cœur de ville, ou vers le sud, par le pont qui tient encore debout.

Vous habitez ce quartier et vous avez peur. Vous avez peur, et n'y a-t-il pas de quoi avoir peur ? C'est une jungle de béton, un désert, les rues sont désertes. Mais c'est un faux désert. Les rues ne sont désertes qu'en apparence. Encore hier on a violé une femme d'un certain âge dans l'escalier de son immeuble. Elle a commis une erreur fatale : elle a cherché ses clés un moment et il n'en a pas fallu davantage. Elle a cherché ses clés, au lieu de les avoir à la main, ses clés, et sont arrivés trois voyous, qui l'ont poussée à l'intérieur et ont fait d'elle ce qu'ils ont voulu. Elle a dû aller à l'hôpital – ou elle aurait dû aller à l'hôpital, si elle avait eu le courage d'aller à l'hôpital ou l'argent pour payer le ticket modérateur. Mais non, elle n'en a pas eu le courage, elle s'est contentée de rester là, blessée, et de monter l'escalier en sanglotant, le corps douloureux, l'âme en peine, méprisée et humiliée par une bande de voyous qui ne savent même pas parler portugais, et ils ne lui ont même rien volé, c'était vraiment juste pour s'amuser, par méchanceté, enfin d'une certaine manière elle a même eu de la chance, ils ne se sont pas donné la peine de bien chercher là où elle avait caché les bijoux, l'or, l'argent, parce qu'à son air ils savaient que, d'accord, elle habitait là, mais c'est parce qu'elle habitait là depuis très longtemps, quand tout cela était encore un quartier bien comme il faut, avant que les pauvres n'arrivent après les riches, qui étaient repartis. La dame, d'ailleurs, comptait là-dessus : que tout le monde comprenne qu'elle ne possédait rien de valeur. Elle n'avait pas beaucoup d'objets de valeur chez elle, une ou deux choses cachées peut-être, parce que de nos jours on ne peut même plus se fier aux banques, mais elle avait oublié qu'il faut de tout pour faire un monde, qu'il y a des voyous capables de s'en prendre même à une dame d'un certain âge, on sait bien quelles sont leurs coutumes, là-bas chez eux c'est normal, ils n'attachent pas aux choses la même valeur que nous, le lieu d'où ils viennent s'appelle Cruauté.

Comment savez-vous tout cela, vous ? Oh, vous savez cela et bien plus encore, vous en savez bien plus que ce que votre bouche vous permet de dire, vous regardez, vous savez tout, vous regardez les journaux télévisés, lisez le journal, savez ces choses-là.

Et c'est bien parce que vous savez ces choses-là que vous avez peur.

Regardez, épiez par la fenêtre. Ne craignez rien, vous pouvez regarder, d'ici ils ne vous voient pas, épiez à travers les rideaux. Vous voyez le coin de rue là-bas ? Vous ne voyez rien, je sais. Regardez mieux. C'est difficile, ils se fondent dans l'obscurité. Ah, ça y est, vous voyez, n'est-ce pas ? Ce sont eux là-bas, qui attendent, patients comme des fauves qui attendent, qui attendent un faux pas.

Le vôtre.

Le beau parleur frappe ses paumes l'une contre l'autre.

— Il y a de quoi rester sans voix, non ? Sans voix.

La femme ne dit rien. Que dire ? Le beau parleur s'est montré suffisamment éloquent. Il n'y a rien à dire, donc.

Sans voix. Elle est sans voix. Lui, ce n'est pas la voix qui lui manque.

— Mais supposons que madame ne veuille pas de cette peur-là. Elle en veut une autre. Madame a de la classe, quiconque vous regarde ne voit que ça, que vous avez de la classe. Vous n'êtes pas une femme quelconque. Vous êtes une dame. Et vous avez de la classe. Hé, Sousa, tu ne trouves pas que madame a de la classe ?

Sousa, bien entendu, ne répond pas. Le beau parleur n'en attendait pas moins, d'ailleurs il continue :

— De la classe, oui madame, vous en avez, de la classe, cela se voit au premier coup d'œil. Pour madame, mieux vaut tout plutôt que d'être xenu phôbe, madame…

— *Xéno-phobe*, Carlos, interrompt Sousa.

Qui l'eût cru ? La femme se gratte mentalement le crâne. Sousa a l'air d'une brute, et pourtant il corrige son collègue sur une erreur grammaticale. Et, alors qu'il a l'air soumis, il a suffisamment d'aplomb pour le reprendre.

La femme apprend par la même occasion que le beau parleur s'appelle Carlos. Honnêtement, elle aurait déjà dû le savoir car il porte son prénom écrit sur le badge accroché au revers de sa veste. C'est que la femme était jusqu'alors focalisée sur d'autres choses : sur les canines de Carlos, sur la menace immanente de leur présence, sur les mains de Sousa, rudes et épaisses mais agiles et capables de résoudre de Complexes Problèmes Techniques, sur la conversation trompeuse, trompeuse comme la publicité, qui veut que le service soit offert alors qu'en réalité il est imposé.

— Xénophobe, tu as raison, Sousa, admet Carlos, bon joueur. Où avais-je donc la tête ? Me voilà déjà tel le fantôme de la tête de la sixième femme d'Henri VIII. À propos, madame sait, n'est-ce pas, pour quelle raison Henri VIII épousait tant de femmes et les faisait exécuter ?

La femme ne répond pas. Elle ne fera pas à Carlos le plaisir de l'entendre admettre son ignorance ou, pire encore, le besoin d'étaler son érudition.

— Il les faisait exécuter, poursuit-il, parce qu'il voulait un fils, un garçon. Un fils-garçon pour hériter de la couronne. À l'époque il en allait ainsi, on pensait que seul un homme pouvait conduire le règne à bon port. Ce qu'Henri VIII ignorait (la science ne le lui avait pas encore enseigné), c'était que le problème ne venait pas d'elles, réceptacles, mais de lui, semence. Cet homme-là n'était bon qu'à faire des filles ! Au fond, le pauvre Henri n'était rien d'autre qu'une âme tourmentée, pas un assassin.

— Ou les deux. Il est possible d'être les deux. Facile, même.

Sousa, encore lui ! Décidément, elle est sortie de sa coquille, la bonne brute. De sa coquille, comme les reptiles. Si parfait déjà dans sa coquille, comme les reptiles.

— Mais madame n'est certainement pas là pour endurer des discours philosophiques. Je vous demande pardon, nous nous laissons aller parfois. C'est que, vous savez, ceci n'est pas simplement un service que nous vous offrons, c'est aussi une passion. Ce n'est que comme ça, croyez-moi, que l'on peut être compétent dans son travail. Si vocation il y a. Sans vocation, sans appel, il n'est pas possible d'avoir un travail bien fait. Notre passion pour la peur est le secret de notre réussite. Et l'amour. Beaucoup d'amour. Croyez-le ou non, madame, mais nous aimons nos clients. C'est une question d'économie.

Sousa toussote. Ou s'éclaircit la gorge. Ou bien (en toussotant, en s'éclaircissant la gorge) il envoie à son collègue un signal, signifiant qu'il est temps d'avancer dans la démonstration de la qualité du service. Le fait-il par déférence pour le client ou pour liquider l'affaire et rentrer chez lui ? Bonne question. Mais le beau parleur Carlos comprend le signal.

— Et à propos d'économie, il est temps pour nous de vous montrer l'un de nos services les plus efficaces et les plus modernes. Voyez un peu la qualité du produit. Un morceau de choix !

La femme a l'impression de les voir se métamorphoser en artistes de variété. Chapeau de paille, veste à rayures bleues et blanches, l'indispensable canne pour tourner en rythme synchrone.

Non, ils ne chantent pas. Ils ne chantent pas mais ne se taisent pas non plus.

— Madame a certainement déjà entendu parler des marchés, dit Carlos le beau parleur.

— Eh bien sachez que, contrairement aux personnes, les marchés sont sensibles, émotifs, dit Sousa.

— Nerveux, très nerveux.

— Neurasthéniques, même.

— Les marchés réagissent très rapidement.

— Les marchés parient.

— Les marchés investissent.

— Les marchés croient.

— Les marchés se méfient.

— Les marchés craignent.

— Et quand ils craignent…

— Les marchés deviennent instables.

Et la femme apprend alors que les marchés sont comme ces navires qui voguent sur les eaux de l'Atlantique nord, très exactement les eaux qui engloutirent le *Titanic* : des eaux puissantes et froides qui (si on les provoque) peuvent fomenter la plus parfaite des tempêtes. Si les marchés sont le bateau, ils sont aussi la mer et le ciel, l'atmosphère, les conditions atmosphériques, et les courants et les blocs de glace contre lesquels les navires (même les plus gigantesques bateaux de croisière, comme l'euro ou le dollar ou le mark ou la livre ou le yen) peuvent cogner. Les marchés sont partout, ils sont les éléments tout entiers ; et, lorsque c'est nécessaire (d'une façon étrange, presque magique), ils ne sont plus nulle part. Nous regardons un mur et le marché y est ; l'instant d'après – pouf ! – c'est redevenu un mur blanc. Et l'instant encore d'après, le sol semble s'animer et s'élever au-dessus de nos têtes, main invisible qui nous fait froid dans le dos, et nous sentons que quelqu'un (ou quelque chose) est bel et bien derrière nous. Nous essayons de lutter, de résister, de créer une ligne de front, mais…

— Comment lutter contre un fantôme ? intervient Carlos.

— Un fantôme qui, à chaque instant, peut réapparaître sous la forme de tout et n'importe quoi, de n'importe quel objet… renchérit Sousa.

— Animé ou inanimé…

— Et se retourner contre nous.

— C'est impossible.

— C'est comme d'être au milieu d'une bataille sans même savoir d'où viennent les balles.

— Nous n'entendons que le sifflement des balles.

— Et si nous voyons un trou où nous engouffrer…

— C'est encore pire. Nous nous jetons en champ ouvert dans la gueule du loup.

Et la femme ne peut plus l'ignorer désormais. Dans un monde où tout porte un nom, les marchés sont la société anonyme parfaite.

— La beauté des marchés, ce n'est pas simplement que personne ne sait qui ils sont.

— C'est qu'ils n'ont pas même besoin d'exister vraiment.

— Ils sont une rumeur.

— Un bruit blanc.

— Ça ne fait pas trop mal.

— Mais ça gêne.

— Les marchés sont un tube de mercure.

— Un gyroscope.

— Leurs moindres oscillations sont les indices de choses potentiellement terribles.

— Les marchés sont de la nitroglycérine liquide dans un mince tube de verre entre les mains d'un adolescent prêt à conduire saoul pour la première fois de sa vie.

— Et quelqu'un dit : attention, c'est dangereux.

— Mais rien ne sert de crier au loup.

— Les marchés sont aussi délicats qu'un poème, madame.

— Aussi précis qu'un sonnet.

— Madame sait ce qu'est un sonnet, n'est-ce pas?

Et Carlos le beau parleur explique à la femme ce qu'est un sonnet. Ceci détend un peu l'atmosphère et la femme lui en est même sans doute reconnaissante. Un sonnet est une forme poétique en quatorze vers créée à la Renaissance dont la rime est généralement en ABBA ABBA CDC DCD et dont le sens final de l'enchaînement logique n'est révélé que dans le dernier tercet.

Sousa reprend le fil de sa pensée.

— En matière d'économie, mieux vaut ne pas dépasser les bornes.

— Tout à fait, confirme Carlos, mieux vaut ne pas dépasser les bornes. D'ailleurs, ne pas dépasser les bornes est très important lorsqu'on a affaire à la peur.

— Essentiel.

— Essentiel, oui. Sousa, aurais-tu la gentillesse de bien vouloir éteindre complètement les lumières ?

Sousa le fait. La femme est maintenant dans le noir complet avec les deux hommes.

— Parfois, dit Carlos, nous profitons mieux de l'installation de la peur lorsque nous sommes totalement dans le noir.

— Sans rien voir.

— Et que nous ne pouvons pas dépasser les bornes.

— Nous ne le pouvons pas.

— Dépasser les bornes est mortel.

— Létal.

— Fatal.

— Nous ne pouvons dépasser les bornes.

— Quelle décision prendre alors qu'on ne peut rien y voir ?

— Vers où irions-nous ? De quel côté peut bien se trouver la sortie ?

— Nous sommes paralysés.

Bien qu'elle ne les voie pas, la femme croit distinguer leurs voix. Celle-ci, suave et intime, semble être celle de Carlos :

— Je vais vous dire un secret, chère madame. Les marchés n'existent pas.

— Ils n'ont jamais existé, concède Sousa.

— Ils sont comme des dieux.

— Des contes.

— Des légendes.

— Comme le disait déjà en son temps le poète : « Le mythe est le rien qui est tout. »

— Si vous désirez intimider les gens, chère madame…

— Éteignez la lumière.

— Il suffit d'éteindre la lumière.

— Et le travail est à moitié fait.

— Laissons cela aux lustres.

— Pourquoi mettre des policiers et des tanks dans les rues alors qu'il suffit d'éteindre la lumière ?

— Éteindre la lumière et susurrer.

— Murmurer.

— Faire de tous les murs une véritable côte des murmures.

— Et faire courir la rumeur.

— « Les marchés sont méfiants. »

— « Les marchés ne sont pas satisfaits. »

— « Ils réclament davantage de réformes structurelles. »

— « Il faut les apaiser par des sacrifices. »

— « Plus vite, les réformes. »

— « Il est urgent de rationaliser l'économie. »

— Ça ne va pas tarder, chère madame, comme si nous étions dans un de ces documentaires sur les Mayas ou les Incas.

— Fini le temps des cerises.

— Du gai rossignol et du merle moqueur.

— À chaque coin de rue, un haruspice.

— Oui, un haruspice.
— En chaque bruit, une menace.
— En chaque rumeur, une sentence.
— « Les marchés veulent, nécessitent, exigent. »
— La vérité est une et une seule, chère madame.
— Tôt ou tard, nous devrons tous faire des sacrifices.
— Pour faire face à la crise.
— Le mot « sacrifice » est magique, chère madame.
— C'est le seul mot qui apaise la colère divine.
— Rien de tel qu'un bon sacrifice humain.
— Alors, madame me dira : « Ah, mais moi je ne veux pas faire de sacrifices humains. »
— C'est ce que vous dites maintenant, chère madame.
— Quand l'installation de la peur sera complètement terminée, ce ne sera plus la même chanson.
— Et aucune installation de la peur ne peut se prétendre complètement terminée…
— Sans la peur de l'instabilité des marchés.
— La peur d'énerver les marchés.
— Et madame n'a aucune envie de voir les marchés énervés, croyez-nous.
— Quand ils s'énervent, les marchés brisent des choses.
— Et là, lorsque nous verrons que c'est à notre tour, chère madame…
— Ce sera chacun pour soi.
— C'est une question de bon sens.
— Que n'ont-ils pas compris dans la phrase « il n'y a pas d'argent » ?
— Il n'y a pas d'argent. Les coffres sont vides.

— Nous devons vendre nos réserves en or.

— Vendre nos bagues.

— Vendre nos doigts, si besoin.

— La vérité est une et une seule, chère madame.

— Il n'y a pas de bouées de sauvetage pour tout le monde.

— Voilà la réalité.

— Il faut faire des sacrifices humains pour sauver les humains qu'il est encore possible de sauver.

— Voilà tout.

— Et il faut avoir le courage politique de faire ces sacrifices humains.

— Sans démagogie.

— Sans populisme.

— Les gens ne comprennent pas.

— Ils ne pensent qu'à eux.

— Quand la police entre chez eux pour emmener leurs enfants, les gens ne pensent qu'à eux.

— Ils ne comprennent pas que c'est aussi dur pour celui qui prend la décision que pour celui qui est sacrifié.

— Nous devons tous faire des sacrifices.

— Certains le font en offrant leur corps.

— D'autres, en prenant des décisions qui exigent du courage politique.

— Personne ne veut mourir.

— C'est l'égoïsme typique des hommes.

— Personne ne veut souffrir de la faim.

— Personne ne veut faire de sacrifices.

— Mais il faut bien que quelqu'un meure.

— Que quelqu'un souffre de la faim.

— C'est simple : du gâteau, il n'y en a pas pour tout le monde.

— Et n'allez pas me dire que le gâteau pourrait être mieux partagé.

— Ça, c'est de la démagogie.

— Du populisme.

— Ce n'est pas comme ça qu'on aura de la croissance.

— Et madame veut la croissance, n'est-ce pas, chère madame ?

— D'où la si grande importance de la peur, chère madame.

— La peur est la pragmatique de la métaphysique.

— Ou la métaphysique faite pragmatique.

— Voilà tout.

— En un mot…

— La peur est la réalité…

— D'ici peu, tout près de vous…

— La seule réalité.

— Un bourdonnement derrière l'oreille.

— Une présence.

— Une omniprésence.

— Voilà tout.

Sousa allume la lumière. La femme et Carlos clignent des yeux. Carlos sourit. Si ça se trouve, il était déjà en train de sourire avant que Sousa n'allume la lumière, mais c'est seulement maintenant que la femme le voit.

— Vous comprenez, très chère madame ? Peu à peu, merveille d'entre les merveilles, l'horreur devient logique sensée. Nous pourrions presque dire : amour envers l'humanité. C'est le cas de le dire : *That's the spirit !* N'est-ce pas, Sousa ?

Sousa ne bronche pas. Carlos poursuit :

— La peur anesthésie. La peur synesthésie. La peur guérit. La peur brûle. La peur soulage. La peur tient ses promesses. Sur ce point Sousa peut témoigner. Il n'y a pas si longtemps, la banque lui a proposé un crédit pour une chirurgie esthétique Estivale. Et il en aurait bien eu besoin, n'est-ce pas, Sousa ?

Sousa ne bronche ni ne meugle ni ne grogne ni ne glapit.

Mais approuve.

— La peur économique est plaisante, continue Carlos. Au-dessus de la peur économique…

C'est ici que Sousa intervient :

— Il n'y a que l'*horreur* économique.

— Mais pour ça il faut des agents de la peur, chère madame, dit Carlos.

— Des agents de la peur qui sachent écrire, dit Sousa.

— Ou parler.

— Qui présentent bien.

— Et là, mon pauvre Sousa, je regrette mais…

Allez, Sousa, ne m'en veux pas, mais le contact, ce n'est pas ton fort.

Sousa ne répond pas. Mais ne semble pas non plus en vouloir à Carlos le beau parleur.

— Il faut quelqu'un capable de dire…

— Ou d'écrire…

— Quelque chose comme : « Les Européens assistent en ce moment à un film d'horreur. De tous côtés surgissent des menaces de désastre. »

— Des mots poétiques, chère madame.

— Mots poétiques, mots prophétiques.

Carlos et Sousa n'ont même plus l'air de personnes normales, tant la discussion les passionne. Ils ont plutôt l'air de… *scientifiques*. Des scientifiques oublieux du monde extérieur car, pour eux, la discussion, le jeu d'échecs, la discussion est tout, le jeu d'échecs est tout, la discussion et le jeu d'échecs sont tout. Comme si la femme n'était pas là. Si la femme s'y connaissait en poètes morts, les vers morts d'un poète mort pourraient bien, alors, lui revenir :

Lorsque le roi d'ivoire est en péril,
Qu'importent la chair et les os
Des sœurs, des mères, des enfants ?

— N'exagérons rien. Ce n'est pas ainsi qu'on dépeint la peur économique. Ce n'est pas pareil qu'une pandémie.

UN VIRUS TRAVERSE LES AIRS. Il est invisible, incolore, indolore – jusqu'à ce qu'on le voie. La contagion commence toujours de la façon la plus simple qui soit. Quelqu'un a été mordu par un petit singe pendant ses vacances en Thaïlande, piqué par un moustique à São Tomé, par une plante alors qu'il se promenait dans des paysages exotiques. Les symptômes ne se sont pas manifestés lorsque le porteur a fait le check-in, *n'ont activé aucune alarme dans le détecteur à métaux. C'est seulement dans l'avion que le porteur se met à tousser. Personne ne se doute de rien. Depuis qu'il est interdit de fumer à bord des avions, pour économiser trois sous, ils renouvellent l'air moins souvent. Avec pour résultat d'augmenter les probabilités de contamination. (Ou peut-être n'est-ce qu'une légende colportée par les fumeurs.) Avant, de porteur, il n'en était qu'un seul – une femme contaminée par une plante, un enfant mordu par un singe, un homme piqué par un moustique. Maintenant, durant les dix heures de vol, le nombre va se multiplier. Au moment où l'avion se pose, il y a presque deux centaines de porteurs, trafiquants involontaires d'un fléau assassin. Le contrôle aux frontières échoue également à identifier les signaux – les policiers sont experts en valises, passeports et sueurs coupables, non en pupilles dilatées. De toute façon, à l'arrivée, personne encore n'a les pupilles dilatées ou des sueurs froides, à l'exception du premier porteur. Mais celui-là aussi passe la frontière indemne. Et même s'il n'était pas passé : le virus s'est déjà propagé. En quelques heures, l'épidémie va décupler. La rapidité de l'épidémie est proportionnelle à son invisibilité. D'ici seulement trente-six heures, un médecin s'étonnera de l'afflux de patients aux urgences. Cela prendra encore quelques heures avant que quelqu'un ne détecte un schéma pathologique récurrent : vomissements, sueurs froides, hémorragies internes.*

Les corps explosent du dedans vers le dehors. Une femme sourit, dit à son mari que ce n'est rien, elle est juste un peu fatiguée, ce doit être le décalage horaire, et tombe sur le sol de la cuisine, dans un râle, comme au seuil d'une crise d'épilepsie. Le mari prend son téléphone portable et appelle une ambulance, qui emmène la femme une demi-heure après ; et le mari ne sait pas qu'il est lui-même porteur, que lui aussi dans quelques heures déclarera les mêmes symptômes que sa femme, mourant d'une hémorragie interne, dans d'atroces douleurs, les organes vitaux liquéfiés.

Un enfant qui joue à l'école. D'habitude c'est le garçon le plus agité mais aujourd'hui il est particulièrement calme. La maîtresse a même un soupir de soulagement. Elle ignore que le gamin porte en lui la Mort Vivante et que d'ici peu la classe tout entière sera à l'hôpital. À un moment donné tandis que la maîtresse écrit au tableau, une fille pousse un cri. La maîtresse se retourne, fâchée : pourquoi est-ce toujours quand elle est au tableau qu'ils en profitent pour faire des bêtises ? C'est une question rhétorique, la maîtresse le sait bien : c'est parce qu'elle ne voit pas. La colère de la maîtresse cesse quand les enfants pointent du doigt, pétrifiés, leur camarade à terre, pris de convulsions.

Un virus est le pire ennemi que l'on puisse souhaiter. Il nous attaque de l'intérieur. En cela il est très semblable au cancer, mais en plus rapide, plus létal, et il ne nous laisse pas même l'espoir de la chimiothérapie. Trop tard. Il est toujours identifié trop tard. Il est contagieux. Hautement contagieux. Il effraie les médecins. Le contraire du cancer. Le cancer ne s'attrape pas. Le docteur aura beau être protégé par un scaphandre, un virus est une bombe atomique.

En sept jours à peine, le pays entier est en état d'alerte maximum. Mais la quarantaine a commencé trop tard. Personne ne sait qui est atteint – sauf lorsqu'il n'y a déjà plus grand-chose à faire.

Le gouvernement envoie l'armée bloquer les sorties de la capitale. Mais beaucoup de soldats désertent. Le commandement central lui-même, toujours si serein quand il envoie de la chair aux canons, est en panique. Comment lutter contre un ennemi invisible ? Un ennemi sans autre corps que celui des nôtres ? L'armée monte des tentes de secours pour y installer les blessés. Les premiers médecins sont immédiatement contaminés – et meurent aussi. Un général se révèle être un lâche. Un autre, redoutant de découvrir qu'il l'est tout autant, se tire une balle dans le crâne. C'est la panique. Des soldats tirent contre des civils. L'ordre est donné de bombarder les ponts. Plus aucun avion ne décolle.

La campagne, loin des villes, est le seul lieu relativement sûr. L'isolement et l'abandon dont tant de villages se plaignaient s'avèrent être désormais une bénédiction. Les paysans forment des brigades pour chasser les citadins à coups de fusil. L'épidémie n'est pas le meilleur moment pour attendre de quiconque de bons sentiments. Ce n'est pas comme secourir un naufragé ou aider un blessé. C'est l'horreur. Le monde des morts-vivants. Aider signifie mourir. Pour survivre dans un monde hostile nous devons devenir hostiles nous aussi. C'est le seul moyen. C'est triste, mais c'est le seul moyen.

Certaines personnes résistent au virus. Mais cela non plus n'échappe pas au virus. Techniquement, le virus est stupide, un simple nanomicrobe. Mais, à sa façon, il est aussi supra-intelligent. On pourrait presque croire que le virus a été conçu comme une arme biologique. Et si ça se trouve c'est le cas. Ses objectifs et ses méthodes sont précis et économes : il trouve un hôte, le consomme, et puis il en trouve un autre.

À l'ONU, on commence à envisager ce qui était impensable seulement quelques jours plus tôt : lancer sur un pays ami une poignée de bombes atomiques. Quelques millions d'êtres humains mourront peut-être. Certes. Mais il faut penser à un bien supérieur.

À l'ONU, l'horreur devient logique pure, simple raisonnement : parfois il est nécessaire de tuer quelques personnes (quelques millions de personnes, c'est peu de chose) pour sauver l'humanité.

— **Certes, l'horreur économique, ce ne sera pas tout à fait la même chose qu'une pandémie.** Mais c'est plus efficace. Ça ne tue pas autant mais ça broie mieux.

— Vérifiez par vous-même. Ça broie, ça broie.

— Ça broie, ça broie.

— C'est un broyeur.

Il se peut que la femme se sente soulagée. C'est à elle qu'ils parlent mais, en vérité, ce n'est pas à elle qu'ils parlent. Ils se réjouissent de leur propre petit jeu. Des cobras qui se trouveraient pour la première fois devant un miroir et qui comprendraient, enivrés, la fascination du petit oiseau quand le serpent l'hypnotise.

— Une douleur sourde, qui est là, ne sort pas de là, reste là.

— Un bourdonnement.

— Du genre torture chinoise.

— Les Chinois, en voilà aussi une belle peur.

— La fameuse goutte sur la tête.

— Le goutte à goutte.

— Au début, ça ne fait rien.

— On ne sent presque pas.

— Mais ensuite…

— Petit à petit…

— Ça devient une torture.

— C'est bien pour ça que cela s'appelle torture.

— Chinoise.

— Torture chinoise.

— *Made in China.*

— Mais pas nécessairement conçue…

— Ni modélisée…

— *In China.*
— Cela devient insupportable.
— Ça ne s'arrête pas.
— Les gens n'arrivent plus à réfléchir.
— Oui.
— À un moment donné, on n'arrive plus à réfléchir.
— On ne pense qu'au plic.
— À la goutte.
— Goutte à goutte.
— Au plic.
— Qui tombe.
— Le plic.
— La goutte.
— Goutte à goutte.
— Plic ploc.
— Qui tombe.
— Et retombe.
— Sans arrêt.
— Et on ne peut plus penser à rien d'autre.
— Rien d'autre.
— Qu'au plic.
— À la goutte.
— Qui nous rend fou.
— Nous conduit à la folie.
— Goutte à goutte.
— Plic ploc.
— Goutte à.
— Goutte.
— Plic.
— Ploc.

— Flic.
— Floc.
— Flic.
— Floc.
— Flic.
— Floc.
— Une torture.
— Mais lente.
— Graduelle.
— Pas pressée.
— Qui nous mange petit à petit.
— De l'intérieur.
— L'art suprême.
— La technique parfaite.
— La peur absolue.
— La peur intérieure.
— Un délice.
— Le top, vous allez voir.

III. Démonstration

Baisser les salaires n'est pas une politique,
c'est une urgence.

António Borges

Les deux hommes font une pause. Seraient-ils fatigués ? Peut-être. Ils n'en ont pas l'air, pourtant. Il est vrai qu'ils débitent un discours préfabriqué, appris en stage puis devenu, avec la pratique, une routine bien rodée. Il est clair qu'ils forment une équipe qui marche, une bonne équipe, et que, s'il devait y avoir des conflits passagers, ceux-ci se limiteraient aux conflits normaux (voire sains) entre collègues doués de l'Esprit de Vente, et ne seraient en aucun cas le symptôme d'un malaise quelconque, ce qui peut très bien arriver, y compris au sein des équipes les plus expérimentées. Mais il y a autre chose : ces garçons (« garçons » étant le terme adéquat pour parler d'une équipe) ne se contentent pas de reproduire une bande enregistrée, ils sont convaincus de ce qu'ils disent, ça se voit. Comme on dit en langage sportif, ils Respirent la Confiance, ils y Croient. C'est le plus important : que celui qui délivre le message croie au message.

Ils sont fatigués. Ou alors, ils laissent la femme souffler, se reposer un peu. Lui octroient une pause de réflexion.

Enfin, ayant probablement repris des forces, Carlos le beau parleur dit :

— Je ne sais pas si madame a compris, peut-être n'a-t-elle pas bien compris, mais ce produit est précisément ce que les Français appellent la *pièce de résistance**[1].

— Autrement dit, dit autrement Sousa, il se pourrait bien que ce produit soit le meilleur de notre répertoire.

Carlos le beau parleur fixe la femme droit dans les yeux. Oui, c'est bien cela : un cobra cherchant (et parvenant) à séduire un petit oiseau.

— Pas nécessairement des plus effrayants, admettons. Ce qui ne fait aucun doute, c'est la chose suivante : il s'agit d'un produit dont la beauté, si vous permettez, dépasse peut-être même l'éternelle belle beauté féminine.

Sousa affiche un sourire fermé jusqu'aux oreilles, des yeux gourmands, enthousiastes, même.

— C'est sans doute la peur la plus tentaculaire, dit Carlos.

— Au *bon* sens du terme « tentaculaire », ajoute Sousa.

— Au meilleur sens du terme. Tentaculaire car il a plusieurs ramifications.

Les commissures des lèvres de Sousa pendent presque, pareilles à des boucles à ses oreilles.

— Au *meilleur* sens.

— Tentaculaire également, dit Carlos, parce qu'il nous enlace, nous étreint, nous serre dans ses bras jusqu'à ce qu'on ait chaud, ou jusqu'à ce qu'on ne puisse plus respirer.

1 Les mots en italique suivis d'un astérisque sont en français dans le texte original.

— Aïe, aïe. (Sousa passe sa langue humide sur ses lèvres.) C'est une peur à croquer, à vous faire saliver.

La femme ne dit rien. Que dire ?

Comme sur un hologramme, des ballons et des phrases flottent dans l'air.

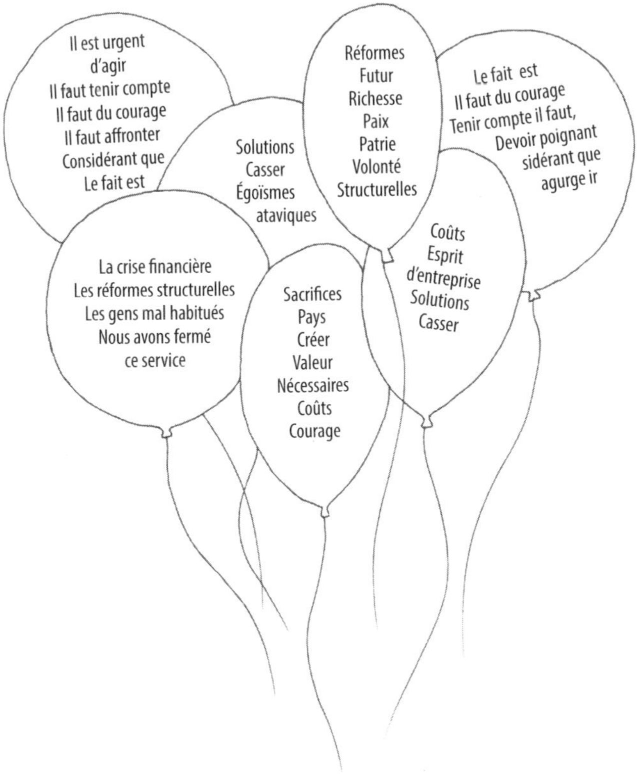

ReformesFuturRichessePaixPatrieVolontéStructurellesSacrificesPaysCréerValeurNécessaires CoûtsCourageEspritd'EntrepriseSolutionsCasserEgoïsmes ataviquesPersonnalismeCoûts DynamitismeLa crise financièreLes réformes structurellesLes gens mal habituésNousavons fermé ce serviceIl est urgent d'agirIl faut tenir compteIl faut du courageIl faut affronterConsidérant queLe fait estLe fait estIl faut du courageTenir compte il fautDevoir poignantConsidérant queAgurge ir EffectivementRéellementÉtant donné queEffectivement RéellementTenir

— Ne vous inquiétez pas, chère madame. Petit à petit…

— Progressivement…

— Tout rentre dans l'ordre.

— L'important, c'est la patience.

— La patience, c'est le plus important.

— Patience et esprit de sacrifice.

— Nous vous prions de nous excuser pour cette interruption, la perturbation reprend dans quelques instants.

— Remarquez, c'est plus facile qu'il n'y paraît.

— La « crise » est toujours « économique ».

— Les « réformes » sont toujours « structurelles ».

— Le « futur » est toujours « meilleur ».

— Ou « pour nos enfants ».

— Les « mesures » sont toujours « nécessaires ».

— Si elles n'étaient pas nécessaires, ce ne seraient pas des mesures, voyons !

— Il n'y a pas d'alternative.

— Il n'y en a jamais.

— Nos actes priment toujours sur les alternatives.

— Les autres font de la politique.

— Nous, nous ne faisons pas de politique.

— Notre politique, c'est la vertu.

— Notre politique, c'est le travail.

— Notre politique, c'est la peur.

— Il y a les idéalistes et les réalistes.

— Nous sommes les réalistes.

— La réalité est de notre côté.

— La preuve ? Regardez donc ce film.

Carlos le beau parleur se tourne vers la femme, tout sourires.

— Madame n'y comprend rien, n'est-ce pas ?

La femme ne dit rien. Que dire ?

— Ne vous inquiétez pas, c'est l'idée justement.

Le sourire de Carlos est délicat, le sourire de qui en a vu d'autres.

— Cela fait partie du plan.

— Intégrez la beauté du concept, ajoute Sousa, sans qu'il soit clair s'il le dit pour corriger ou expliciter les paroles de son collègue.

— Oui, la beauté du concept est toujours ce qu'il y a de plus important, admet Carlos. Comprenez bien, chère madame, l'installation de la peur est un processus coopératif. Un *processus*. Même éteinte, la peur doit rester branchée.

— Elle doit être là, complète Sousa. Toujours là.

— C'est-à-dire, ici, dit Carlos, en indiquant la tête.

— Ici, dit Sousa en posant sa main sur sa poitrine.

— Et ici aussi, bien sûr (Carlos, riant, met sa main sur sa braguette).

— Ici, dit Sousa, tapotant (légèrement) le derrière de la femme qui, prise au dépourvu, tressaille.

Elle ne tressaille pas beaucoup, tout compte fait. La femme, c'est tout à son honneur, ne tressaille pas beaucoup quand Sousa lui tapote (légèrement) le derrière.

Carlos, le beau parleur, fait le beau.

— Et maintenant, vous pouvez poser vos questions.

Sousa, l'assistant, assiste.

— « C'est tout ? »

Carlos, le beau parleur, fait le beau.

— Et nous répondons.

Sousa, le bon assistant.

— « Attendez. Il y a plus. »

Carlos :

— « Il y a *beaucoup* plus. »

Sousa :

— « Et mieux bon fantastique unique. »

Carlos exulte :

— Oui.

Sousa exulte avec lui :

— Oui.

Carlos :

— Voilà notre réponse.

Sousa :

— Et c'est la pure vérité.

Carlos :

— Il y a plus.

Sousa :

— Et mieux.

La femme ne dit rien. Que dire ? Rien. Surtout quand ils corollent :

— Le secret est dans le langage.

— Dans le *spread*.

— Dans le *downsizing*.

— Dans le langage.

— Dans les oscillations.

— Dans les émoluments.

— Dans les variables à faible densité.

— Dans les dieux du stade.

— Dans les clous.

— « J'ai le regret de vous dire que vos actions ne valent pas un clou. »

— Actions humaines, j'entends.

— Oui, actions humaines.

— Les autres, grâce à Dieu, ont toujours quelque valeur.

— À quelles actions songiez-vous donc, madame ?

Rires sardoniques. Clins d'œil. Ah, ils sont forts tout de même !

— Sousa a raison, chère madame. Le secret est dans le langage.

— Dans le langage compliqué.

— Des mots anglais, âpres et aiguisés.

— Comme des clés anglaises.

— Énigmes anglaises.

— Le code est la clé.

— La clé est le secret.

— Le secret est dans la recette et tout est dans le beurre.

— Dans le beurre, ça ne fait aucun doute.

Carlos, déboîté de rire :

— « Le secret, c'est le beurre. » Hé hé. Pardon, chère madame, mais c'est incroyable ce que c'est drôle. Jamais expression ne fut plus adéquate.

Sousa sanchopanze Carlos :

— Oui, ou le manque de beurre.

— Hé hé.

Carlos est tout à fait déboîté. Plus déboîté qu'un enfant démembré par un *serial killer* comme ceux que l'on voit dans les films.

— Arrête, Sousa, tu vas m'achever.

Sousa se tait.

Carlos s'insurge :

— Que madame nous excuse. Mais c'est tellement drôle.

Sousa explicite :

— Le langage. Notre façon d'employer le langage.

Carlos est en larmes.

— La langue bifurque.

— Trifurque.

— La langue transformée en labyrinthe de l'horreur.

— Commencer, comme si de rien n'était, par employer des termes techniques que personne ne comprend…

— Puis il suffit de faire en sorte que les gens aient honte…

— De demander ce que cela signifie.

— *Benchmarking.*

— *Spread.*

— *Downsizing.*

— *Layoff.*

— *Made off.*

— *Subprime.*

— *Cutting.*

— *Rimming.*

— *Strangling.*

— *Fucking.*
— *Downfucking.*
— *Dogkilling.*
— *Meatgrinding.*
— *Cruelling.*
— *Crushing.*
— *Creaming.*
— *Screaming.*
— *S-creaming.*
— Des mots bons à tartiner le pain.
— Ou à lui écarter les jambes pour fourrer le pain…
— Des mots employés même par la publicité.
— Publicité heureuse.
— Heureuse. Toujours heureuse.
— Très heureuse.
— Présentant des indices de bonheur incontestables.
— Actrices-sourire. De nos jours, avec la crise, elles ne sont pas chères.
— Le plus qualifié des acteurs-sourire d'âge moyen, aux dents martiennement saines, pull à l'épaule sur une chemise pastel aux manches retroussées.
— Un pur bonheur.
— Pur.
— Si pur que, comme la meilleure des cocaïnes, il a besoin d'être très dilué.
— Très « coupé ».
— Tu es en train de faire peur à madame maintenant, Sousa.
— C'est vrai, ce n'est plus du langage économique, c'est du langage de trafiquant.

— C'est ça.

— Non pas qu'il y ait une grande différence entre les deux.

— Il n'y en a pas.

— En réalité, il n'y a pas de grande différence.

— Nous allons vous donner un exemple de rigueur et de transparence.

— Un seul, il est bon parfois de ne pas exagérer.

— Nous ne voulons pas vous prendre trop de temps.

— Non, nous ne le voulons pas. Tout sauf ça.

Le salon tournoie. On se croirait maintenant dans une discothèque des années 70, avec une boule à facettes. Mais on dirait que le salon EST la boule à facettes. Les mots sortent sans sortir de la bouche des deux orateurs.

(Qui, s'ils ne sont pas saouls, n'en sont pas loin. Mais ce ne sont peut-être pas eux qui sont saouls. C'est peut-être le salon qui est saoul. C'est peut-être la femme qui est saoule.)

Lever maotinn n'esy poin bonheur; booire matin est bien memeiller.

Il y a quelque chose de délirant dans le délire rayé du du du du du du du du du salon.

Ainsi
à travers des études de benchmarking
basées sur des méthodologies
validées convenablement
nous pouvons comparer
le rôle de chaque service
en détectant
rigoureusement
les secteurs porteurs
et
les secteurs à améliorer.

— Les gens ne le voient pas, mais l'indice DJ a perdu six points, le Nikel six. Le monde a changé et les gens ne le voient pas. Il n'y a plus ni gens ni monde et les gens (peut-être parce qu'ils n'existent déjà plus) ne le voient pas.

— Et celui qui chercherait à comprendre le monde est un idiot. À quoi bon chercher à comprendre une chose qui n'existe plus ?

— Le monde a changé. Mais comment le monde peut-il changer si les gens ne changent pas ? Ou comment le monde peut-il changer si les gens ne le sentent pas ? Ce qui est sûr, c'est que les faits sont les faits, et il n'est ni monde ni gens qui résistent aux faits.

— Alors, il en va ainsi.

— Dates fatidiques : Pompéi, 79 après J-C.

— Personne n'avait idée.

— Pas la plus petite putain d'idée.

— D'être endormi sur un volcan.

— *Titanic*, 1912.

— Personne n'avait cette putain d'idée d'être en train de danser sur un cercueil flottant.

— En direction d'un iceberg.

— Au lieu de l'Amérique.

— Le subconscient a une de ces forces.

— Sarajevo, 1914. Personne n'imaginait.

— Personne n'imaginait rien.

— Personne n'imaginait que pouic.

— Berlin, 1939.

— Personne n'imaginait que dalle.

— Personne ne savait.

— Nous savons que c'est difficile à croire, mais c'est la plus pure vérité.

— Enfin, pas la plus pure.

— La vérité la plus pure tue.
— Comme la cocaïne la plus pure.
— Ou l'héroïne la plus pure.
— Personne ne veut d'une héroïne pure.
— L'héroïne pure tue.
— La vérité, c'est qu'à Pompéi…
— Personne ne savait. Ou personne ne voulait savoir.
— Ça revient au même.
— Qu'il dormait près d'un volcan.
— Sur un volcan.
— Endormi.
— Mais les volcans se réveillent.
— Comme les cauchemars.
— Ils réveillent.
— Un jour, ils se réveillent.
— Nous croyons être en lieu sûr mais, pour finir, nous sommes allongés sur un monstre qui, à tout moment, peut se réveiller.
— Des puces sur des chiens, voilà ce que nous sommes.
— Des puces sur des chiens.
— Sauf que les puces, en principe, savent ce qu'elles sont : des puces.
— Et que le leur est un monde de chien.

> « *Les Européens assistent en ce moment même à un film d'horreur. De tous côtés des désastres menacent. Le gouvernement britannique a déjà fait savoir que si la zone euro venait à imploser, entraînant avec elle des ondes de choc,*

les contrôles aux frontières se durciront pour les voyageurs en provenance de la périphérie de l'Europe. »

Carlos semble trouver utile d'être pédagogue, au milieu de ce désordre continuel.

— Par exemple, le Premier ministre français jure qu'il « n'existe aucun plan visant à exclure qui que ce soit. »

— Bien, mais s'il jure, c'est le signe du contraire.

— Nous savons tous aujourd'hui, grâce à l'installation de la peur, que nier, c'est confirmer. Nier, c'est confirmer.

— La seule façon de nier vraiment, c'est de ne pas en parler.

— Nommer une chose, c'est reconnaître la réalité de cette chose. Les journaux nient la proximité du désastre mais ils nomment le désastre.

— Voyez, madame, les Américains. Regardez-les bien, les Américains.

— Les Américains baptisent les typhons, les ouragans, les tragédies naturelles. Et donnent des petits noms aux tragédies humaines. La destruction de La Nouvelle-Orléans a pris un nom de femme, *Katrina* ; la destruction des tours jumelles celui d'un chiffre, *nine eleven*. 14-18 c'est différent de El Niño.

— Vous pigez, madame ?

— Peut-être la tempête parfaite sera-t-elle celle capable de réunir, en un seul mot-clé, chiffres et lettres.

— Puis-je faire une modeste proposition ?

— Bien sûr que tu peux, Sousa. Ose, sois un homme.

— Europa2014.

— *Europa2014*. Joli nom. Cela me plaît. Cela vous plaît-il, madame ?

La femme ne dit rien. Elle sait que la question n'est qu'une formalité. Elle prie seulement pour que le petit ne se réveille pas. Mais non. Il est sage. Du moment qu'aucun des deux ne demande à aller aux toilettes…

> « Spread *bancaire, ou, pour simplifier : la différence entre le taux d'intérêt prélevé à ceux qui prennent un crédit et le taux d'intérêt payé par les banques à ceux qui y déposent leur argent. Autrement dit, c'est la différence entre la rémunération payée au client par la banque pour capter une ressource et la somme prélevée par la banque pour prêter cet argent.* »

— Madame peut aller voir sur Wikipédia.
— Collez-moi les yeux sur Wikipédia.
— Arrachez-vous les yeux et faites-en don à Wikipédia.
— Voyez, madame.

> « *Les incertitudes au niveau macroéconomique créent de l'incertitude au niveau microéconomique.* »

— Dit autrement.
— Ou dit pareil.
— C'est la tempête parfaite.
Le beau parleur Carlos s'engrave un instant.

— Aussi, il faut reconnaître que ce n'est pas facile. Il faut comprendre que les marchés sont instables. La monnaie est fluctuante, et fluctuer n'est pas une bonne chose – tout ce qui fluctue, en général, finit tôt ou tard par se fracasser contre un iceberg.

Sousa s'engrave en soligravitude :

— L'économie nécessite une injection de toute urgence.

> « *Il est urgent de procéder aux réformes nécessaires. Réduire les salaires n'est pas une politique, c'est une urgence.* »

— N'est-ce pas mignon ?

— Les néodieux portent le costume cravate, le costume Armani.

— Un autre uniforme est-il possible ?

— Non, la direction regrette beaucoup, mais non, ça ne peut être ni Prada, ni Calvin Klein, ni Hugo Boss, ni Zefirelli, ni Kalus Nomi. Il faut vraiment que ce soit Armani.

— C'est un terme biblique, Armani. Presque un palindrome.

— D'*Inamrah*.

— Saviez-vous, madame, que dans certaines langues secrètes *Inamrah* signifie le Halo Chaste ?

— L'innocence la plus pure et cristalline pouvant être achetée avec de l'argent.

— « Nous ne faisons qu'appliquer les ordres. »

— « Que placer des capitaux. »

— « Des réajustements nécessaires. »

— « Prendre connaissance de cette brochure ne dispense pas de lire ce qui est écrit en tout petit. »

— L'hymen de l'âme recaoutchouté à neuf.

— L'économie est sur le point de craquer, comme un plafond sous le poids croissant des eaux. L'économie est sur le point de craquer, on peut déjà voir les brèches, les fissures, les fêlures. L'économie est sur le point de craquer. C'est horrible, mais elle craque. On nous a enfermés dans un compartiment clos et il n'y a pas d'issue. Nous allons mourir noyés comme des rats.

— Leonardo DiCaprio, où es-tu alors même qu'on a le plus besoin de toi ?

— Horreur parmi les horreurs. Se trouver dans un compartiment scellé mais qui, tout compte fait, ne l'est pas. L'eau entre par le haut. La perspective de mourir noyés comme des rats décourage même les plus altruistes.

— Ou pire encore, noyés comme des hommes.

Sousa gémit, en une remarquable imitation d'individu en panique :

— « Mais je ne veux pas, moi, mourir comme un homme ! Quitte à mourir, que ce soit au moins comme un rat ! »

Carlos rit.

— Mais ce n'est pas la mort qui nous attend.

— C'est pire.

— Bien pire.

— La faille technique.

— Oui.

— Nous allons être ensevelis par la faille technique. Les taux d'intérêt atteindront des seuils insoutenables. Nous passerons des décennies, des siècles, à payer les intérêts de la dette du prêt de renflouement de l'aide.

— Et les intérêts augmentent plus vite que ton ombre.

— Tu dois payer dix pièces par jour d'intérêt.

— Or, en un jour, tu en gagnes six.

— Tu en dois encore quatre.

— Le jour suivant quatre plus dix.

— Quatre plus dix ou quatorze ?

— Hé, Sousa, bonne question.

— Tu en gagnes six.

— Tu en dois encore huit.

— Et ainsi de suite.

— Arrivé à la fin de la semaine, tu as beau travailler…

— La dette augmente.

— Le risque de ne pas payer décuple.

— À dire vrai, le risque de ne pas payer garantit que tu ne puisses pas payer.

— Pas avec de l'argent, en tout cas.

— Mais il n'a jamais été question d'argent.

— Au fond, il n'a jamais été question d'argent.

— L'argent n'est qu'un ersatz.

— Un double, un substitut.

— Un symbole.

— Un cheval de Troie dans la vraie chasse au trésor.

— La vente, au rabais, de tout, du moment que c'est public.

— Des plus belles propriétés.

— Des terrains.

— Des immeubles.

— De l'or.

— Du corps.

— De la vie.

— Des pavillons atlantiques.

— De la constitution.

— De la voix.

— Des orifices.

— De la condition humaine.

— Nous cessons littéralement *d'être*, dit Carlos. Nous devenons dépendants de l'aide.

— Extérieure, corrige, ou complète, Sousa.

L'espace d'une nanoseconde, Carlos semble perdre pied.

— Pardon ?

— Non, dit Sousa. La dette ne pardonne pas.

— Là, je ne te suis plus, Sousa.

— Extérieure. L'aide. Toujours extérieure, l'aide.

Carlos reprend ses esprits.

— Ah oui. Tu as raison. Je te demande pardon, c'est moi.

— L'aide extérieure et l'injection de capital et l'endettement croissant et la baisse des cotations et l'instabilité des marchés et le mauvais pari sur la croissance et des fonds structurels secrètement faits pour déstructurer…

Carlos médite, méditatif :

— Il existe un film de Batman comme ça.

Cette fois, c'est au tour de Sousa de demander :

— Pardon ?

— Il existe un film de Batman comme ça. Max Schreck annonce que son usine apportera de l'énergie à Gotham. Mais en réalité elle ne fait que pomper l'énergie de la ville.

— Mais oui, bien sûr. Ça m'était sorti de la tête.

— Il en faut du brio, pour annoncer une chose et faire son contraire, chère madame.

— C'est un peu comme ce qui arrive de plus en plus maintenant, vous l'aurez certainement remarqué.

— Fermer un service et laisser un panneau sur la porte.

« Nous cessons de vous servir pour mieux vous servir. »

Sousa approuve :

— Ou comme faire peur à la Terre entière et dire ensuite : ne craignez rien, c'était juste un entraînement...

Carlos s'est remis en selle.

— Ou comme quand le Petit Chaperon rouge s'exclame : Mère-grand, que vous avez de grands yeux !

On les croirait en pleine séance de natation synchronisée, tant Sousa place à la perfection :

— C'est pour mieux te voir.

— Mère-grand, que vous avez un grand nez !

— C'est pour mieux te sentir.

— Mère-grand, que vous avez de grandes dents !

Mère-grand, que vous avez de grandes dents ! Mère-grand, que vous avez de

Carlos le beau parleur éteint l'hologrammme. Gênée par le changement brutal d'éclairage, la femme se frotte les yeux. Le beau parleur montre ses paumes. Rien dans celle-ci, rien dans celle-là…

— Une merveille, n'est-ce pas ? L'une des peurs les plus belles et les plus parfaites qui soit. Car c'est une peur qui s'auto-alimente. Il suffit de l'évoquer pour que la peur de la crise économique ait pour effet secondaire (je dirais même primaire) de créer une crise économique.

Sousa intervient :

— Mais il est vrai que…

Carlos le beau parleur sourit.

— La situation économique est réellement préoccupante.

C'est étrange, mais Sousa semble subitement parler en italique :

— *Nous allons probablement devoir sortir de la monnaie unique.*

— Ce qui entraînera de sérieuses conséquences.

— *Nous sommes arrivés à dépenser plus que ce que nous aurions dû.*

— Maintenant nous en payons le prix.

— *Nous avons construit des routes dont nous pouvions nous passer.*

— Nous ? s'enquerra madame.

— *Nous, répondons-nous.*

— Les marchés n'ont plus confiance.

— *Et ils ont raison.*

— Ils ont raison.

— *Les marchés ont toujours raison.*

— Les marchés sont irrationnels.
— *Mais ils ont toujours raison.*
— Quelle joie.
— *C'est comme ça.*
— Il faut prendre des mesures courageuses.
— *Impopulaires.*
— Les gens ne comprennent pas.
— *Non, ils ne comprennent pas.*
— Ils ne comprennent pas.
— *Les sacrifices que nous faisons pour eux.*

— Sans compter l'horreur de la guerre.

— Derrière une grande crise il y a toujours une grande guerre.

— Ou vice versa.

— Oui, vice versa, oui, c'est bien vu. Derrière une grande guerre il y a toujours une grande crise.

— Donc, revoilà les Russes, une fois de plus.

— Ou les Chinois.

— Ou les terroristes.

— L'escalade du conflit est imminente.

— On commence déjà à fermer les frontières.

— *Love is in the air…*

— *Fear.*

— Pardon ?

— *Fear. Fear is in the air.*

— Ah oui, tu as raison. Madame a-t-elle remarqué que dernièrement on s'est même mis à chanter l'hymne national avec plus de ferveur ?

— Les occasions existent, encore.

— Les occasions.

— Une crise peut être une occasion propice à l'implantation de réformes structurelles. Changer la culture, vous comprenez, madame ? Une révolution des mœurs.

— Se débarrasser du surpoids.

— Autrefois, il y avait la peste noire.

— À la fonction hygiénique.

— Nous avons cru au sida.

— Mais finalement, il n'y a bien qu'en Afrique que ça a marché.

— Une déception.

— Nan, changer la culture n'est pas facile.

— Nan, ce n'est pas facile.

— Les gens sont encore très attachés à des valeurs archaïques.

— Ils pensent encore pouvoir les défendre.

— Mais non.

— Le monde a changé.

— L'entreprise, progressivement, est en train de se substituer à la société.

— Et même si elle le voulait, une entreprise ne peut s'apitoyer sur le sort des maillons les plus faibles.

— Des poids morts.

— Des graisses en excès.

— L'important, au fond, c'est que les gens aient le droit de choisir.

— Qu'ils croient l'avoir.

— Si madame donnait à son fils des flocons d'avoine, naturellement, il n'aimerait pas ça.

La femme frissonne. Comment peuvent-ils savoir qu'il y a un enfant dans la maison ? Mais elle est aussitôt soulagée. Ils ne font que montrer le produit. Pour le moment.

— Il n'aime pas.

— Nan.

— Les enfants n'aiment pas les flocons d'avoine.

— Mais si madame lui laissait le choix entre Kromomix et Galtynor…

— Et qu'il y ait un cadeau ou un dessin sympa sur l'emballage…

— Là, je demande à voir.

— On lui a laissé le choix.

— Entre Kromomix et Galtynor…

— Et le petit a choisi.

— Non plus de simples flocons d'avoine.

— Une marque.

— Une *marque*.

— Une marque qui marque et démarque.

— Un jour, cet enfant rêvera d'avoir une Patek Philippe…

— Au lieu de se mettre des idées en tête.

— Tel est le pouvoir de la marque.

— Voilà pourquoi l'emballage est si important.

— L'emballage et le choix.

— Car les réformes structurelles seront douloureuses.

— Et impopulaires.

— Et il est nécessaire de s'assurer que les gens votent bien.

— Pour le bien de tous.

— Comprenez. Sans penser à mal.

— Non, sans penser à mal.

— Nous sommes en compétition avec d'autres pays…

— D'autres cultures…

— Où la valeur du travail est beaucoup plus faible.

— Presque à zéro.

— Moins que zéro.

— Et si nous voulons rester compétitifs par rapport à ces pays…

— Ces cultures…

— Il nous faut changer notre pays.

— Notre culture.

— Des réformes structurelles, vous comprenez ?

— Voilà tout.

— Notre unique opportunité…

— Notre seule chance…

— Et réduire nous aussi la valeur du travail.

— De la vie.

— Il le faut.

— Il le faut.

— Le marché est cruel et ne s'embarrasse pas de bons sentiments.

— Supposons par exemple que quelqu'un ait besoin d'une hémodialyse, un traitement rare et cher, plus cher que le montant de la contribution de l'usager.

— Il n'est pas envisageable de continuer à offrir ce service.

— C'est triste mais c'est la vérité.

— Il n'y a pas d'argent.

— Il n'y a pas d'argent.

— Quelle est la partie de « il n'y a pas d'argent » que vous ne comprenez pas ?

— Il n'y a pas d'argent.

— Voilà un des domaines où il est réellement urgent de mettre en place des réformes structurelles.

— Qui veut être soigné n'a qu'à payer…

— Et qui ne peut payer…

— Peut bien jouer au Loto.

— Voyez-vous. C'est une question de moralité.

— Une question morale.

— Madame possède un magasin. Une personne arrive et dit : « J'aimerais une bouteille de champagne, mais je n'ai pas l'argent pour payer. »

— Madame donnerait-elle la bouteille gratuitement ?

— Non, elle ne la donnerait pas…

— Jamais de la vie.

— Les éternels papis du Restelo pourront toujours objecter qu'une hémodialyse n'est pas une bouteille de champagne…

— Pourtant si.

— Du champagne.

— Du bon.

— Du français.

— Nous ne disons pas cela par plaisir.

— Nous le disons même avec regret.

— Mais c'est une vérité qui doit être dite : l'hémodialyse est le champagne de la santé.

— Et pas même du champagne national.
— Non, du français.
— Du bon.
— Du cher.
— Sans parler du fait que les moins productifs sont ceux qui nécessitent le plus de soins. C'est le paradoxe de cette affaire.
— Qui veut de la santé, de l'éducation, de la justice…
— Doit prendre son mal en patience.
— Comme disait en son temps le chanteur : « Quand la tête déraisonne, c'est le corps qui trinque. »
— Si seulement ils étaient raisonnables.
— Et avaient souscrit une assurance-vie.
— Mais l'inverse est encore plus vrai.
— « Quand le corps déraisonne, c'est la tête qui trinque. »
— Par les temps qui courent, chère madame, je ne vous dis même pas…
— L'inverse est presque toujours plus vrai.
— Les gens n'ont pas idée.
— Ils n'en ont vraiment pas la moindre idée.
Le beau parleur Carlos se frotte les mains.
— Enfin, d'une certaine manière il vaut mieux ça. L'ignorance peut parfois être une excellente couche protectrice.

La femme voit, mal camouflé, un soupçon de sourire sur les lèvres de Carlos. Le genre de sourire camouflé qui veut se montrer, et qui n'est camouflé par le locuteur qu'à seule fin de faire comprendre à son interlocuteur que celui-ci est camouflé. Voilà l'intention de ce sourire dès le départ. Non pas se camoufler, mais tout bonnement suggérer cette moquerie sournoise d'un rire-dans-le-dos-des-autres. Et pour peu que ce rire-dans-le-dos-des-autres éclate à la-face-des-autres, alors c'est la cerise sur le gâteau.

Tel un fumeur après un sprint, Carlos le beau parleur semble maintenant un peu fatigué. Il pose ses mains sur ses cuisses un instant, tête baissée. La femme évalue ses chances. Mais avant qu'elle ait pu prendre une décision, il lève la tête et la regarde.

— Où en étions-nous ?

Sousa répond :

— La mort est un pari sûr. Le seul pari sûr qui soit. Il faut prendre des mesures drastiques pour sauver l'économie.

— Nous avons vécu au-dessus de nos moyens.

— Le modèle de l'État providence a échoué.

— C'est une anachronie.

— Je dirais même plus, une anachronique.

Carlos reprend le fil rouge :

— La mort.

— La mort dite « naturelle », précise Sousa.

— Oui. Les vieux.

Sousa fait mine de baisser le ton :

— Les vieux.

— Chers, inutiles.

— Chers. Inutiles.

— Improductifs.

— Les vieux.

— Il faudra bien trouver une solution raisonnable.

— Une solution qui satisfasse toutes les parties.

— Mais qui ne cède pas aux égoïsmes de certains.

— Il faut avoir l'esprit d'équipe.

— Une solution raisonnable.

— Finale.

— La seule solution raisonnable.

— Comprenez, chère madame. Les pays sont des anachronismes.

— L'État providence, c'est fini.

— Il n'est pas possible de protéger tout le monde.

— Cela n'est même pas souhaitable.

— Quelle société paternaliste que la nôtre, avec sa manie de nous protéger de tout !

— Ce n'est pas à cela que doit servir la machine de l'État.

— La machine de l'État doit servir à décupler les dynamismes entrepreneurs des forces entreprenantes.

— Une personne, simplement parce qu'elle est née ici, aurait maintenant tous les droits ?

— Ceci est une terrible injustice.

— Une terrible injustice.

— Il faut distinguer les forces productives des forces improductives.

— Les vieux.

— Et récompenser au mérite.

— Exactement comme dans les entreprises.

— Pourquoi un pays ne devrait-il pas être géré comme une entreprise ?

— Quel est donc cet esprit anti-entrepreuneurial ?

— Une entreprise fonctionne comme il faut.

— Il le faut.

— Elle jette, sans émotionnalisme, les graisses excédentaires.

— Une entreprise a un objectif précis.

— Et vit en fonction de cet objectif.

— Ce n'est pas une association caritative.

— Qui veut la charité n'a qu'à l'acheter.

— Une entreprise doit, périodiquement, éliminer les poids morts.

— Les graisses excédentaires.

— Les vieux.

— Sans parler des enfants.

— Encore une dépense, mais nous y reviendrons plus tard.

— Les vieux pour le moment. La question la plus pressante.

— Les réformes des vieux.

— Les maladies des vieux.

— La longévité des vieux.

— Ils durent longtemps, les vieux.

— Trop.

— C'est inhumain, ce qu'ils durent.

— Un puits sans fond pour notre économie.

— Improductifs.

— Si au moins on pouvait en faire de la soupe…

— Du soleil vert.

— Nous plaisantons, chère madame.

Mais pas tant que ça, pense peut-être la femme.

— Il est vrai que les vieux, contrairement aux enfants, n'offrent pas un futur très prometteur.

— Bien qu'improductifs, les enfants, eux au moins, peuvent encore le devenir.

— Alors que les vieux…

— Ce ne sont pas des choses à dire, paraît-il…

— Mais on devrait.

— Dans quel monde vit-on, où dire le vrai semble si erroné ?

— La vérité, c'est que…

— Qu'on le veuille ou non.

— La vérité, c'est que…

— Tout compte fait, chère madame, les vieux ne servent qu'à une chose.

— Voter.

— Voilà qui est vrai. Au moins ils votent presque toujours bien, les vieux.

— Certains.

— La majorité.

— Ont peur.

— À croire qu'ils diffusent nos produits.

— À la manière d'une enzyme naturelle.

— Ils roulent en voiture.

— Et ils ont peur.

— Ils marchent dans la rue.

— Et ils ont peur.

— Peur.

— Les vieux.

— Fantastique.

— Mais inutiles.

— Une dépense absurde.

— Ils tombent malades, comme des pigeons.

— Malades et encore malades.

— En cela, ils sont pires que les pigeons.

— Les vieux.

La femme ne dit rien. Il se peut qu'elle soit choquée par la proposition. Mais que faire ? Que dire ? Et puis, c'est un raisonnement absurde mais rassurant, tant qu'ils sont concentrés sur les vieux, elle a l'impression que le petit est en sécurité.

— Si nous prenions les mesures nécessaires, les vieux partiraient plus vite. Madame sait cela, n'est-ce pas ?

— Peut-être est-ce là la solution pour le pays.

— Économiser. C'est en économisant qu'on y gagne.

— Il nous faut avoir l'esprit de leadership.

— Le leadership est nécessaire.

— Une hiérarchie claire.

— Un leadership fort.

— L'esprit d'entreprise.

— Voilà le mot, « esprit d'entreprise ».

— Mettre en œuvre les réformes urgentes.

— Assainir les comptes publics.

— Revitaliser l'économie.

— Mettre fin aux dilapidations.

— Investir, au lieu de subventionner.

— Croire au potentiel, au lieu d'appliquer de vains paternalismes.

— Créer une société plus dynamique.

— Plus juste.

— Ça aussi.

— C'est pourquoi...

— Cette tâche herculéenne.

— Cette purification nécessaire.

— Cette revitalisation du tissu social.

— On ne peut pas laisser faire.

— On ne peut pas.

— Non, on ne peut pas.

— Il faut mettre en œuvre les réformes nécessaires.

— Éliminer les vieux.

— Non, pas « éliminer ». *Solutionner.*

— Oui, bien vu. Solutionner.

— Solutionner.

— Est une mesure rationnelle.

— Plus que nécessaire, urgente.

— Au fond, c'est même bon pour eux.

— Au fond, c'est même pour leur bien.

— Au final, à quoi bon avoir la santé si la qualité de vie ne suit pas ?

— C'est la bonne mesure.

— La chose humaine à faire.

— La bonne mesure.

— Il est urgent de procéder à la désactivation des poids morts.

— L'improductivité a un prix.

— Une entreprise doit éliminer le trop-plein de graisses.

— Les poids morts excédentaires.

— Les enfants aussi.

— Oui, les enfants.

La femme sent une boule à l'estomac. Mais elle ne dit rien.

— Que celui qui veut la santé l'achète.

— Que celui qui veut l'éducation l'achète.

— Que celui qui veut des enfants les achète.

— Il faut être prêt à payer le prix.

— Les gens ne paient-ils pas leur pain ?

— Alors, où est le scandale ?

— Le scandalc, à vrai dirc, ce serait le contraire.

— Or, ne serait-ce pas de la démagogie que de considérer qu'il y a des choses plus importantes que le pain ?

— Voilà qui est une insulte à toute tête bien faite.

— Une insulte.

— Qui veut quelque chose doit être prêt à en payer le prix.

— Le prix à payer.

— C'est la loi de l'offre et de la demande.

— La loi du marché.

— Et le marché est très sensible.

— Imprévisible.

— Capricieux.

— Comme un adolescent en crise.

— Oui.

— Pareil à un adolescent en crise…

— Il a toujours raison.

— Madame aurait-elle le cran d'entamer une discussion avec un adolescent ?

— Moi non.

— Moi non plus.

— Au secours !

— Ouvrez !

— Au secours !

— La peur est pédagogique.
— Très intéressante.
— Elle aide à comprendre la nature humaine.
— À domestiquer les bas instincts.
— La peur a quelque chose de l'expérience scientifique.
— Elle aide à mieux comprendre la peur sociale.
— Elle est très intéressante.
— Émouvante.
— Placez un jeune et un vieux dans une même cage.
— Le jeune a peur de ne pas trouver de travail.
— L'autre, de perdre son travail.
— Le jeune sait qu'il risque de passer sa vie à faire des stages.
— Des masters.
— Des stages.
— Du télémarketing.
— Des enquêtes porte à porte.
— L'homme d'âge moyen sait que le jour où il perd son emploi, il est cuit.
— Il n'a rien contre le jeune, mais…
— Le jeune non plus n'a rien de personnel contre l'homme d'âge moyen, qui pourrait bien être son père.
— Mais…
— Que voulez-vous, madame ?
— C'est un monde de chiens.
— Un monde de chats.
— Un monde de porcs.
— Un monde de rats.
— *It's only bizniss.*

— D'abord, ils commencent par essayer de nc pas se faire face.

— Pour éviter l'affrontement.

— L'homme d'âge moyen sait que le jeune est plus agile.

— Le jeune sait que l'autre connaît mieux les ficelles du métier.

— Un ami à moi travaille dans une usine en Allemagne.

— Là où on trempe l'acier.

— Chaque semaine, déboule un ingénieur qui lui dit…

— « Herr Silva, montrre un peu à cette jeune recrrue les ficelles du métier. »

— Et mon ami, rusé, dit oui.

— À l'usine, travaillent des Polonais, des Turcs, des Grecs, des Portugais.

— L'épicerie à la sortie de l'usine appartient à des Siciliens.

— D'excellents fromages.

— Et du pain.

— De l'excellent pain de Calabre.

— Il dit oui, ils disent tous oui, mais ensuite…

— Bien sûr qu'ils ne montrent rien.

— Et puis quoi encore.

— À la fin du mois, ils seraient faits comme des rats.

— Remplacés par les jeunes.

— Alors, quand le jeune sans expérience se coince la main sous une tonne d'acier…

— Ils font tous comme si de rien n'était.

— Les cris sont horribles.
— Mais ils font tous comme si de rien n'était.
— Encore un qui ne nous volera pas notre emploi.
— C'est la loi de la survie.
— Ce n'est pas par méchanceté.
— « Mais que voulez-vous que j'y fasse ? »
— « C'est moi ou eux. »
— « Que feriez-vous à ma place ? »
— Eh oui.
— Placez un jeune et un homme d'âge moyen dans une cage.
— Ça fait plaisir à voir.
— Ils se reniflent, méfiants.
— Ensuite, placez-y un vieux.
— C'est alors que le jeune et l'homme d'âge moyen comprennent.
— Ils ont trouvé le maillon le plus faible.
— Tout bien réfléchi, ce n'est pas le jeune qui menace l'emploi de l'autre.
— Pour le moment.
— C'est le vieux.
— Les vieux.
— Et leurs retraites.
— Leurs maladies.
— Et puis, s'il se jetait à mains nues sur l'homme d'âge moyen…
— Le jeune risquerait de s'y casser les ongles.
— S'il essayait de donner un coup de pied au jeune…
— L'homme d'âge moyen risquerait d'en avoir le souffle coupé.

— Mieux vaut attaquer les vieux.

— De toute façon c'est leur faute.

— C'est pour payer leurs retraites que l'économie s'effondre.

— Ils sont pires que les immigrés.

— Ceux-là, au moins, ils travaillent.

— Ils volent nos emplois mais ils travaillent.

— Et puis, de toute façon, ils volent les emplois dont, même morts, nous ne voudrions pas.

— Voilà.

— L'inconvénient, c'est quand les immigrés en veulent encore plus.

— Quand ils se mettent à vouloir les emplois que, même morts, nous voulons.

JE SUIS INQUIET : DANS CETTE VILLE, LES PAUVRES sont complètement à la marge. Que devrais-je dire, je suis un honnête homme. Par exemple, lorsqu'ils veulent se déplacer d'un endroit à l'autre, ils doivent le faire à pied, sur de grands axes qui ne sont pas prévus pour, seulement pour les voitures. Et quand quelqu'un les prend en stop, c'est enfoncés dans un tube de caoutchouc leur interdisant tout mouvement, à l'arrière, dans une position verticale probablement tout sauf confortable et dont ils parviennent difficilement à se libérer. Je décidai d'aller en taxi jusqu'à l'embouchure, une zone dangereuse, sous le pont, une friche de ciment déconseillée aux touristes. J'y suis allé. Pourtant on nous déconseille également d'aider les pauvres et les vagabonds, mais moi, je décide d'aider celui-ci, encore prisonnier de son emballage de caoutchouc à l'arrière de la voiture qui l'a amené jusqu'ici. Le propriétaire du véhicule, pour des raisons de sécurité, n'a pas osé le détacher. Il me demande de l'aide, avec les yeux, le seul petit bout de son corps encore visible ; alors, je viens à son secours, en forçant des deux mains j'écarte le tube de caoutchouc jusqu'à ce qu'il arrive à s'en extraire. Lui une fois libre, je comprends que je viens de faire une grosse sottise : ceux qui préviennent les touristes de ne pas nourrir les pigeons ont raison, car il pointe maintenant sur moi (presque avec tristesse, c'est vrai) un pistolet et grogne : le portefeuille. Si je peux dire que j'aime les pauvres, quand même, dans mon portefeuille, j'ai tout. Cartes, pièce d'identité, argent... Tout est dans mon portefeuille. Et je prends subitement conscience de l'évidence que je suis, d'une certaine manière, mon portefeuille. Je refuse de le lui donner, et comme si de rien n'était, je commence à m'approcher. Il y a d'autres pauvres qui rôdent, comme des épouvantails ou des chiens errants, ils approchent sans approcher, et mon bandit ne peut pas croire que je sois stupide au point de préférer me prendre une balle plutôt que de donner mon portefeuille. Mais il ne comprend pas : le portefeuille, c'est moi. Plutôt lui donner mon âme, si j'en avais une. Et sa surprise tourne en ma faveur. Quand nous nous retrouvons face à face nous remarquons tous deux qu'il ne sait même pas bien tenir son pistolet. Si ça se trouve, le pistolet ne contient même pas de balles, car les balles sont chères, ou alors il n'en a déjà plus que deux et il se demande s'il ne vaut pas mieux éviter de s'en servir. Je lui saisis les deux poings et nous luttons ainsi, chacun de nous sans assez de force pour mettre l'autre à terre. Super frustrant pour moi de constater que je fus assez fou pour me refuser à lui donner mon portefeuille. (Si encore il se contentait d'un billet de vingt euros.) Je n'ai de forces que pour danser avec lui, les bras en l'air, comme si nous étions dans un bal populaire, et que nous formions une arche avec nos bras pour qu'un autre couple passe par-dessous. Et je m'aperçois alors d'un nouveau danger. La poche de mon pantalon est sans protection et d'autres pauvres peuvent en profiter pour tenter de me tirer mon portefeuille. Jusqu'à ce qu'enfin je parvienne à prendre le pistolet, et que mon ingrat agresseur capitule et s'en aille. Ne me contez plus jamais la légende de Daniel et du lion auquel le premier retira de la patte une épine, et que ce dernier, dans l'arène, reconnut et refusa de dévorer. Les fauves humains ne croient plus aux histoires. Et ne voilà-t-il pas que deux femmes s'avancent vers moi, farouches, tandis que je m'efforce d'imaginer la façon la plus rapide possible de sortir de cette friche de ciment, sous le pont près de l'embouchure où le fleuve qui baigne la ville rencontre la mer. L'une des femmes m'effleure l'épaule, mais je connais l'entourloupe et ma main va directement au portefeuille, pas touche. L'autre siffle une insulte quelconque, que je comprends au bout de la deuxième fois : nous sommes portugaises, connard, fais pas le malin avec nous. Et je réponds en retour : sans blague, moi aussi, je suis portugais, mesdames, et puis même si j'étais touriste, je ne suis pas né con pour autant.

J'ignore si je parviendrai à sortir d'ici ou si les épouvantails humains qui rôdent refermeront le cercle sur moi avant, mais la réponse que je viens de faire aux deux voleuses est la première chose qui soit à mon goût dans toute cette histoire.

— **Le saviez-vous, chère madame?** Nous nous réveillerons tous un jour avec un rein en moins.

— Le bon côté : le déficit en aura été réduit de 13%.

— Mais nous ne voulons pas vous ennuyer.

— Au contraire.

— Laissez-nous juste vous raconter encore une histoire.

— Ou une petite poignée.

— Madame a certainement amassé un peu d'argent pour partir en voyage pendant les vacances.

— Se loger à l'hôtel, en demi-pension.

— Ou même en pension complète.

— Nous ne vous le conseillons pas.

— Nous ne vous le conseillons pas du tout.

— Pourquoi sortir de chez soi alors que chez soi on a tout ce qu'il faut?

— C'est que vous n'imaginez même pas ce qui peut se passer dans les hôtels.

La femme sait désormais de quoi il retourne. C'est une nouvelle démonstration. Tous deux semblent drogués. Ils disent que c'est pour son bien, pour l'instruire, pour lui montrer, mais quiconque à sa place aurait toutes les raisons d'en douter.

— **Au petit déjeuner, nous nous sommes assis sans le faire exprès à une table réservée.** Nous ne nous en sommes aperçus qu'au moment où, après être allés chercher du jus, nous avons vu qu'elle portait un carton « réservé ». Par chance, nous n'avions pas encore commencé à manger et nous avons déplacé nos affaires – le journal, un bol de céréales, le jus – sur une table voisine. Nous ne savons pas si elle était réservée pour une raison quelconque ou seulement parce que les employés de l'hôtel ne souhaitaient pas travailler plus qu'il n'est nécessaire, poussant les gens (comme du bétail) vers d'autres tables.

— Non pas que nous ayons à nous plaindre des employés de l'hôtel. Nous ne sommes arrivés qu'hier soir mais ils nous ont semblé très prévenants. Sauf quand le réceptionniste nous a demandé notre carte de crédit « pour les extras » et qu'il en a profité pour lorgner le code secret ; cela nous a déplu. Ce n'était rien du tout, probablement, mais que voulez-vous que je vous dise ? Cela nous a déplu. À part ça, ils sont tous très courtois, bien qu'un peu froids. Le liftier, la femme de chambre qui est venue déposer un bonbon sur l'oreiller, la jolie femme de ménage qui a frappé à la porte aujourd'hui pour nous demander si nous avions du linge à laver ou à repasser. Tous très courtois. Ceci dit, nous savons bien qu'ils ne font là que leur travail.

— Un hôtel est un lieu de passage. Tous les jours des gens arrivent et repartent. Quand des convives commencèrent à disparaître, nous ne nous en sommes donc pas étonnés. En effet, comment pouvait-on même employer le terme « disparaître » dans ce cas-ci ?

— Un hôtel est un lieu de passage. Notez bien : de *passage*. Tous les jours des gens arrivent et des gens repartent. Bon sang, nous pouvons dire, littéralement, que tous les jours des gens *apparaissent* et *disparaissent*.

— Évidemment, c'est aussi l'endroit idéal pour faire disparaître des gens. Car tout le monde n'y voit que du feu. C'est comme les pédophiles qui deviennent prêtres ou éducateurs. C'est la profession idéale pour pouvoir être auprès des enfants – pour pouvoir tripoter les enfants sans éveiller les soupçons.

— Un jour se passe.

— Une nuit.

— Du fait d'une erreur informatique sur notre réservation, ils nous ont *upgradé* en pension complète. Vraiment très corrects. Nous retirons ce que nous avons dit sur la froideur des employés. Finalement, et tout compte fait, ils sont d'une sympathie à toute épreuve.

— Pourtant, nous avons un pressentiment.

— Il y a anguille sous roche.

— Quelque chose d'étrange dans cet hôtel.

— Mais nous ne saurions dire ce qui est étrange.

— Et nous continuons à être bien reçus.

— À manger plus qu'il ne faudrait.

— À grossir.

— Car la nourriture est fantastique. Délicieuse.

— Et à mesure que passent les jours, les employés de l'hôtel semblent plus courtois.

— Comme s'ils s'étaient attachés à nous.

— Presque comme si…

— Vous allez rire, madame, mais c'est l'impression que ça donne.

— Comme si nous étions pour eux des animaux domestiques auxquels ils se seraient attachés.

— Comme des paysans au cochon de lait qui, bientôt, leur donnera de beaux jambons à vendre et à manger.

— Et notre erreur, fatale, c'est d'être incapables d'interpréter notre mauvais pressentiment.

— Le pressentiment qu'au lieu de grossir…

— Nous engraissons.

— Ce que, probablement, nous découvrirons lorsqu'il sera trop tard.

— Lorsque nous serons nous-mêmes…

— Entretemps il se passe un jour de plus. Puis un autre.

— Dans la chambre d'à côté (ou serait-ce une suite ?), il y a un jeune couple tellement fougueux qu'il nous empêche de dormir, avec ses cris, gémissements, halètements.

— Nous sommes ici depuis cinq nuits à peine et nous sentons que nous avons déjà pris pas mal de kilos.

— Ou même davantage.

— Que dire ? Ils nous reçoivent trop bien. C'est somptueux. En fait de petit déjeuner on nous sert de gros repas, les déjeuners sont des banquets, les dîners, des festins, et il y a toujours un dernier souper que, prévenants, ils nous forcent à avaler.

— Comme des oies pour le foie gras.

— L'image est injuste, bien entendu.

— Ils ne nous forcent pas. Au contraire, ils sont d'une courtoisie à toute épreuve.

— Mais comment refuser du bon champagne ? La première fois, passe encore, nous avons refusé poliment, parce que nous ne roulons pas non plus sur l'or.

— Et puis c'était du Veuve Clicquot.

— L'employé nous a rassurés. C'était *complimentary*.

— Offert par la maison.

— Du Veuve Clicquot inclus dans la pension complète ? Faites couler. Ça semblait presque trop beau…

— Et ça l'était. Trop beau…

— Le sixième jour, le couple qui faisait des bruits pendant la nuit est parti. Nous avons vu plusieurs employées sortir de là avec des piles de draps, bizarre, nous ignorions qu'il fallait une telle équipe pour préparer une chambre. Enfin, ça a dû être une de ces orgies… Nous en venions presque à envier ce qui avait pu se passer là.

— Une bataille rangée érotique…

— Mais quatre, cinq employées ? Nous les avons croisées et, pour la première fois, elles ne nous ont même pas salués. C'est étrange, d'habitude elles saluent toujours.

— Le septième jour…

— Le septième jour, alors que nous arrivons dans la salle à manger pour prendre le petit déjeuner, on vient nous dire de nous asseoir, ce jour-là, à la table réservée. Nous en sommes flattés car c'est de toute évidence la table d'honneur. Mais lorsque nous déclinons, non, merci, nous avons même déjà posé le journal sur l'autre table, à laquelle, entretemps, nous avons pris goût, nous sentons le visage du *concierge** se fermer, et alors qu'il réitère l'invitation, le ton n'a plus rien d'affable, et s'apparente bien plus à un ordre. Comme nous ne voulons pas d'ennuis, bien qu'un peu contrariés, nous finissons par nous asseoir là où ils veulent que nous nous asseyions.

— Nous savons maintenant, tandis que nous sommes traînés à la cave dans un sac, que nous n'aurions pas dû céder.

— Le véritable maître des lieux se trouve plusieurs dizaines de mètres au-dessous du niveau du sol, à l'étage -3. C'est un être antique, antérieur à l'inauguration de l'hôtel, à ses rénovations, à sa désolation, à sa réouverture après des décennies d'abandon, à ses heures de gloire et de décadence.

— C'est un être antérieur à la fondation du pays, peut-être même à l'apparition de la bête humaine sur la face de la Terre.

— Un dieu antique, végétal, celui auquel nous allons être livrés en sacrifice. Croyant être ses hôtes, nous fûmes ses proies. Croyant être nourris, nous fûmes engraissés.

— Pour l'exécution.

— L'exécution du corps.

— Désormais, la seule chose qui compte pour nous, c'est que l'horreur soit brève, la plus brève possible. Avec un peu de chance, elle le sera. Notre crainte (notre poisse) est que les voix antiques aient raison…

— Lorsqu'elles disent que même le plus bref des supplices dure une éternité.

IL EST UNE PLANTE dans la cave d'un vieil hôtel construit sur les vestiges d'un temps plus ancien. Une plante intelligente, humide, obscure, féroce, qui émergea d'un long sommeil et qui désormais, chaque nuit, exige sa ration de chair humaine. C'est par hasard qu'elle fut réveillée et, au début, elle était faible, elle mit du temps à séduire un disciple, puis, à la suite de cet imprudent, d'autres se présentèrent et d'autres et d'autres encore suivront. Elle a beaucoup de noms, la plante. D'aucuns disent qu'elle est plus vieille que le monde. Et plus puissante que les dieux qui lui succédèrent. Elle dormit des millénaires, mais toujours en alerte. Elle ne parle pas (elle est antérieure au langage). Elle fait mieux que ça : elle lit nos mouvements intestins. Elle ne bouge jamais mais ses racines, à travers le ciment de la cave, écoutent la ballade tragicomique du monde. Elle maintient ses disciples dans un état de terreur permanent au point que, parfois, ils prennent cela pour de l'euphorie. Cette plante répond au nom de Cthulhu, Baphomet, Azagoth.

Et, dernièrement, Marché.

— **Eh oui, chère madame.**
— Les faits sont les faits, chère madame.
— La peur approche. Qu'on le veuille ou non.
— Au début on s'en garde, puis elle nous gagne.
— C'est ce qu'on dit.
— La peur approche.
— Et ce sera bien.
— Rapide.
— Indolore.
— Enfin, presque.
— La vérité, c'est qu'il faut bien que quelqu'un souffre.
— Il faut bien que quelqu'un souffre pour que les autres vivent.
— À tout partager à parts égales, on finirait tous égalitairement pauvres, chère madame.
— Connaissez-vous l'histoire de l'ami riche et de l'ami pauvre, chère madame ?
— Il était une fois un riche dont l'ami pauvre passait son temps à le tanner à cause de sa fortune.
— Jusqu'au jour où le riche en eut assez et lui dit : « Écoute un peu, si nous partagions ma fortune entre tous les habitants du pays, combien crois-tu que cela ferait pour chacun ? »
— Le pauvre ne voulait pas répondre, mais le riche insista. Et il finit par dire : « J'en sais rien, cinq ou dix sous. »
— Alors le riche prit son porte-monnaie et en sortit dix sous.
— « Tiens, voici ta part. Et maintenant arrête de me casser les pieds. »

— Et maintenant arrête de me casser les pieds. Elle est bonne, celle-là !

— La vérité, c'est qu'il faut des sacrifices, chère madame.

— Des sacrifices humains.

— Les seuls qui marchent peut-être encore.

— Immoler des agneaux plutôt que des gens ? Il suffit de voir ce que ça a donné.

— Les Forces du Monde ne sont pas dupes, chère madame.

— Même brûlée, elles reconnaissent la viande à l'odeur.

— Ce sont des différences subtiles, que des papilles sensibles, pourtant, reconnaissent.

— Et quelqu'un doit être sacrifié.

— Une minorité.

— Une minorité à la fois.

— Avec un peu de chance, ça ne tombera pas sur nous.

— Pour être tout à fait franc, la probabilité que ça tombe sur nous est inférieure à la probabilité inverse.

— Alors si les statistiques sont en notre faveur… pourquoi faire des vagues ?

— Si nous faisons des vagues, c'est encore pire, chère madame.

— Je dis ça pour vous.

— C'est aussi à cela que sert l'installation de la peur.

— À ce que les gens soient plus avertis.

— À ce qu'ils ne fassent pas de sottises.

— Faire des sottises est sot, chère madame.

Sousa est en sueur. Pourquoi ? La conversation l'aurait-elle excité ? Et de quelle façon ? La femme le regarde. Elle l'étudie. À quoi peut bien penser la femme en étudiant Sousa ? Nous le savons déjà, elle pense au petit, caché dans la salle de bains. Comment, à chaque minute qui passe, le risque qu'on le découvre augmente. Et à quel point elle ne sait, alors, ce qu'elle fera : paniquer ou le défendre de toutes ses forces. Mais à quoi peut-elle bien penser d'autre, à cet instant précis, en observant Sousa ? Peut-être pense-t-elle que les apparences sont trompeuses. Sousa a l'air d'une brute mais quand il veut, il sait se montrer loquace. Il a l'air lourd mais, si ça se trouve, il est agile comme un cabri. Les apparences sont trompeuses. Dans les films, les gentils ont toujours une tête de gentils et les méchants, une tête de méchants, un jeu d'enfant. Mais l'acteur qui joue le rôle du héros n'a jamais accompli un seul acte héroïque. Il a seulement la tête à ça, la voix à ça, l'air à ça. Rien que ça. Ça à ça. Un héros pour de vrai a souvent l'air d'une vermine et un bourreau arbore l'expression la plus innocente du monde. Un « regard flegmatique » ne présuppose aucun flegme, un « aspect hirsute » n'est pas le signe d'un esprit hirsute. La femme sait, d'expérience, que le monde est plus compliqué que ça. Et, comme s'il lisait dans ses pensées (parfois il le fait, la femme doit rester prudente), Carlos dit :

— Les *serial killers*, par exemple. Imaginez que vous vouliez, madame, avoir peur des *serial killers*. Les gens de nos jours adorent les *serial killers*. Nous pouvons dire « assassins en série », mais *serial killers* a une tonalité beaucoup plus technique, comme *franchising*, *spread*, *benchmarking*. « *I'm into serial killing* » sonne presque aussi bien que « *I'm a marketing expert* », vous ne trouvez pas ?

Sousa ressent le besoin d'expliquer, il ne s'agirait pas que son collègue se lance dans des divagations inutiles.

— Observez : un assassin en série est un requin, il est parmi nous, un de plus dans la foule, et il choisit ses victimes au hasard... ce qui signifie que n'importe lequel d'entre nous peut être une victime. C'est ce qui excite les gens, de savoir qu'il y a un requin dans l'eau...

— Dans l'eau humaine, précise Carlos.

— Cependant, si elles existent, les chances pour nous d'être attaqués sont faibles.

— Au fond ce n'est pas une véritable peur, décrète Carlos.

— Si ce n'est le simple fait que le *serial killer* peut être n'importe lequel d'entre nous. Les voisins disent : « Ah, je ne m'en serais jamais douté, il était tellement poli. »

— « Il nous disait bonjour tous les jours. »

— Pas à proprement parler une peur, mais un frisson.

— Une fois arrêtés, les assassins en série se révèlent toujours être des types frêles, les personnes les plus normales au monde.

DEMAIN NOUS PARTONS EN VOYAGE, TU AS TOUT ? Le parachute, les vaccins à jour, tu as changé de l'argent ? On a intérêt à prendre quelques boîtes de thon, on ne sait jamais, si la nourriture là-bas est bizarre, et pour l'hygiène, c'est pas comme chez nous, une fois une de mes amies est partie dans un de ces pays et en est revenue avec sept kilos de moins, et ceci en une semaine, demi-pension, ne rigole pas, le régime n'y est pour rien, elle a attrapé une bactérie, elle a bu de l'eau, ou alors une salade mal lavée, j'en sais rien, tout ce que je sais c'est qu'elle en a été très malade, la pauvre.

Il se peut aussi que la nourriture soit correcte mais très chère – et dans ce cas qu'est-ce qu'on fait ? Moi, je n'ai pas les moyens de payer une fortune pour une carcasse, on la paie déjà suffisamment cher ici, je ne vais pas m'embarquer pour me faire escroquer.

Je sais, le voyagiste, c'est Baratin, une entreprise de confiance. Et c'est seulement jusqu'à Badajoz. Mais même.

Mais même, ne jamais s'y fier. Mieux vaut prévenir que guérir. Et en parlant de guérir, n'oublie pas de prendre tes médicaments. Il suffit d'un trou dans le pneu de la camionnette et nous restons coincés deux jours sur place, ou d'un embouteillage, c'est déjà arrivé, le cas s'est même produit à Paris, un embouteillage monstre en plein été, la mère de tous les embouteillages, là-bas quelque part, on a même eu droit à une histoire de meurtre, une femme au volant d'une Dauphine a fricoté avec l'homme marié d'une Peugeot à quarante kilomètres de Paris. Ou peut-être une Renault ? Et l'embouteillage dura des heures puis des jours puis ils n'avaient plus rien à manger et toutes ces voitures à l'arrêt ne savaient même pas quand – ni si – elles sortiraient de là. Et elles commencèrent à former des tribus, à s'organiser en gangs, pour tenter de survivre, et la jeune fille à la Dauphine et l'homme à la Renault (ou Peugeot) se lièrent d'amitié, malgré le manque d'hygiène. Ils n'avaient pas d'eau à boire, encore moins pour se laver, mais la peur aiguise les appétits, certains appétits en compensent d'autres, l'individu boit et mange ce qu'il peut, il en va vraiment ainsi dans ces cas-là, libre à nous de penser que c'est indécent mais il faut le vivre pour le savoir.

Et le pire, c'est qu'ils ne pouvaient pas partir, parce que l'embouteillage pouvait très bien subitement commencer à se défaire et la circulation, à être rétablie.

(Et ne va pas dire que j'invente, je jure que j'ai lu ça quelque part. Quelle manie l'homme a-t-il donc de sauter du coq à l'âne ?)

Et là l'histoire devient confuse, elle en croise une autre. L'une des voitures appartenait à un démentiel assassin. Personne autour ne le savait mais il avait dans son coffre le tronc et les jambes et les bras d'une femme. Tout sauf la tête, qu'il avait laissée plantée au bout d'un bâton derrière une station-service. La raison pour laquelle l'homme avait gardé le tronc et les jambes et les bras reste un mystère, mais une fois coincé dans l'embouteillage, il commença à se sentir nerveux. D'un côté il savait qu'en se décomposant avec la chaleur dans le coffre, le corps de la femme commencerait à sentir mauvais ; de l'autre, tous ces gens partout autour, également immobiles, commençaient à lui donner – outre une inévitable claustrophobie – envie (une envie grotesquement sexuelle) de renouveler son acte. Et la jeune fille à la Dauphine était la proie idéale. Mais au moment où il posa les yeux sur elle, la minette avait déjà sympathisé avec la Renault (ou peut-être était-ce une Toyota). Alors ce fut le début d'une course sinistre. Une course à l'arrêt, bien entendu, ils gisaient dans un embouteillage sur des kilomètres et des kilomètres de long, ils ne pouvaient aller nulle part, c'était un véritable four humain. La course consistait à voir qui ferait quoi le premier : l'assassin parviendrait-il à mutiler la jeune fille à la Dauphine, ou la Citroën découvrirait-elle le chargement morbide que le monstre transportait dans son coffre ?

C'était bien ça, une Citroën! Où avais-je la tête? Et même plutôt ressemblante d'ailleurs.

Carlos le beau parleur est comme un prêtre dans une église détruite. Qu'il n'y ait plus de toit au-dessus des voûtes ne diminue en rien sa ferveur.

— La peur prend des proportions capitales. La peur est sage. La peur sait ce qui est bon pour nous. La peur s'inquiète. La peur n'est jamais loin. Elle est toujours près de nous. Plus près que ce que nous croyons, même quand nous la croyons loin. La peur est juste. La peur est vérité. La peur nous aime.

Sousa l'aumônier prête main-forte au prêtre Carlos.

— Mais les meilleures peurs sont celles que les consommateurs peuvent créer par eux-mêmes.

— À partir de la gamme disponible, bien entendu. Offre valable uniquement pour les sept premiers billions de participants.

— Ce truc de la peur, c'est un bonheur, chère madame. Tout est connecté.

— C'est comme d'appuyer sur l'interrupteur et tac, plusieurs petites lumières s'allument aussitôt.

— Quand on a l'art et la manière, la peur atteint la Terre entière.

— Le plus insignifiant des mouvements devient virtuellement impossible.

— La peur n'est pas réalité virtuelle, chère madame.

— La peur, petit à petit, devient virtuellement la seule réalité.

— Une terre nommée terreur, chère madame. Il n'est plus de terre nommée terre…

— Rien qu'une terreur nommée terreur.

— Hors pair.

Si ni Carlos ni Sousa ne le remarquent, la femme commence pourtant à en avoir ras la patience. Ras le bol. Et l'enfant doit être près de se réveiller. Si ce n'est déjà fait et qu'il n'en soit pas à s'impatienter de rester caché. C'est qu'ils ne sont vraiment pas près de se taire.

Sousa ne se tait pas non plus.

— C'est l'un des effets de la crise économique, chère madame, tout le monde court après l'or. Les gens ne font plus confiance aux banques, alors ils achètent de l'or, une valeur sûre.

Ils sont lancés. Ils auraient déjà dû partir il y a un bon moment, mais ils sont lancés.

— À moins, évidemment, que ce ne soit un coup des Américains ou des Chinois et que, dans quelque temps, ils annoncent la découverte d'un immense gisement d'or…

— Sur la Lune.

— Ou sur Mars.

— Ça oui alors, ce serait beau.

— Adieu, fini l'or.

— Beau mais…

— Improbable.

— Oui, peu probable.

— Improbable…

— Mais pas complètement *improbable*.

Lancés.

— Et les gens ne savent pas.

— Ne savent pas quoi faire.

— Et si demain ils se réveillaient et trouvaient les banques fermées ?

— Et si demain la monnaie perdait toute valeur ?

Plus que lancés.

— Un café, par exemple, qui se mettrait à coûter cinq mille euros ?

— Le plein d'essence, dix mille dollars ?

— Les gens ne savent pas.

— Alors, ils conservent leurs biens chez eux.

— Et ça attire les loups.

— Oh, et comment !

— Comme le sang les requins.

— On dit que les requins peuvent flairer le sang à des miles de distance.

— En voilà une autre, de belle peur, la peur des requins.

— Une peur très *National Geographic*.

— Ne pénétrez jamais dans l'eau avec une coupure au doigt, chère madame.

— Même pas dans une baignoire. L'homme prudent meurt vieux.

— Enfin, prudent ou pas, il meurt.

— Prudent.

— N'ouvrez pas non plus votre porte à des étrangers.

La femme les regarde. Carlos se méprend sur son regard et lui sourit.

— Quant à nous, chère madame, nous sommes des personnes de confiance. Nous ne sommes venus que pour installer la peur.

— Nous sommes l'équipe technique.

— Mais c'est bien vu. Quelqu'un pourrait se faire passer pour nous…

— Se faire passer pour les techniciens d'un service…

— Venir chez vous vous voler votre or.

Et une fois de plus, Carlos explique que de nos jours nous ne pouvons ouvrir la porte à des étrangers. Par « étranger », entendons notre propre mère, et par « porte », entendons toutes les portes possibles, littérales et métaphoriques. Les portes de la rue, du corps, de l'âme. Se méfier, toujours se méfier. Même nous, installateurs de la peur, comment madame peut-elle savoir que nous sommes vraiment des installateurs de la peur homologués ? Vous ne savez pas. Vous nous avez fait confiance mais vous ne deviez pas. Il se trouve que vous avez eu de la chance, mais vous auriez pu jouer de malchance. Car la personne la plus innocente peut n'être la personne la plus innocente qu'en apparence. La vie est dure, et courte, et d'autant plus insensée et cruelle qu'elle est dure et courte. Dans les pays en guerre (mais désormais également en vente dans les pays en paix) des enfants de onze ans s'approchent sans crainte (fourmis légionnaires) de leurs victimes, en mâchant de la coca ou en sniffant de la cola. Les gamins de ce monde et de l'autre, vampires canins mais froids et aiguisés, désolations au masque de chérubin, les limbes au creux de l'âme, plus vides de compassion que des poupées en plastique.

D'autant plus qu'il n'y a plus de pays-en-paix, ajoute Sousa, tous sont en guerre de nos jours, une guerre permanente, ouverte vingt-quatre heures sur vingt-quatre, qu'ils le sachent ou non. La guerre est toujours là, bien là, qui pend au-dessus de nos têtes, et ce n'est plus une simple *épée de Damoclès*, image datée pour cette menace suspendue ; maintenant elle est semi-automatiques, tronçonneuses, missiles sol-air, elle est l'armée en expansion des chômeurs sucée frappée aspirée vers le haut par la perte d'horizon, qui les fait léviter comme des prisonniers à l'intérieur d'une immense bulle, puis les fait tourner au-dessus de nos têtes (les têtes de ceux qui ont encore un emploi), les pointant tels des missiles sur nos têtes (nos têtes encore employées) et, enfin, si nous ne faisons rien, les laissera retomber d'un coup, la bulle explosant, implosant, la force de gravité transformant ces désespoirs humains en enclumes létales. Et il n'y a nulle part où fuir. Car ils sont nombreux, ils sont la foule, leur nom est légion.

— Sousa, c'était comment déjà ? Tu le connais par cœur ?

Et Sousa cite, cite par cœur :

— « L'Europe, du Sud surtout, court le risque de se retrouver à la merci de hordes incessantes de chômeurs… »

— Lis la suite à madame, Sousa. Pour qu'elle puisse apprécier.

Sousa sort alors de la poche de son bleu de travail un papier froissé et lit à haute voix l'article qui, explique Sousa à la femme, a été publié pas plus tard qu'avant-hier dans le journal :

> *« Les Européens sont en train d'assister à un film d'horreur. De tous côtés surgissent des menaces de désastre (…)*
> *« L'Europe, du Sud surtout, court le risque de se retrouver à la merci de hordes incessantes de*

chômeurs, de gens désespérés, qui ont faim et ont perdu tout espoir, convaincus qu'ils n'ont plus rien à perdre à être violents, déferlant en masses inorganiques, vociférant des appels à la démocratie directe, légitimant des excès de toutes sortes, s'adonnant au saccage et à la destruction de biens publics et privés, ne reculant devant la violation d'aucun droit, de quelque nature qu'il soit, accueillant caudillismes et aventurismes inconséquents et hautement dangereux.

« Voilà pourquoi la grande question à poser aux États membres qui se trouvent dans les situations les plus difficiles, est peut-être aujourd'hui celle des capacités respectives des forces armées et des forces de police à assurer le statu quo démocratique, face à la conflictualité implosive qui commence à se dessiner. C'est aussi de cette sécurité intérieure que dépend la survie de l'Europe. »

— Ce qui est intéressant ici, dit Carlos, c'est que l'éditorialiste en arrive à la sage conclusion de la nécessité, non pas d'aider, mais d'avoir des « forces armées » q.s.p. pour répliquer aux « hordes de chômeurs » et à leur vandalisme. Est-il meilleure preuve que la peur est à ce point un véhicule formidable, un turbo, une parfaite machine qui n'a besoin d'autre combustible que celui de l'humanité même ?

Sousa a presque l'air extasié, les yeux mi-clos. Et ce n'est pas la première fois que la femme le voit faire ça.

Devrait-elle saisir cette chance, dans l'hypothèse où elle aurait à faire ce qui devra être fait ? Car ils ne partent pas. Non, ils ne partent pas.

Carlos poursuit sa harangue :

— Parce qu'une fois installée, la peur, c'est comme si on nous l'avait inoculée directement dans le sang. Comme une cellule avide de se multiplier, de se dédoubler en métastases, qui prend sans cesse de nouveaux visages.

— Le cauchemar bureaucratique par exemple. Sousa ?

Sousa hésite une seconde, mais, très vite, il se ranime, comme un godemichet, sauf que (pour des raisons qui échappent à la femme) il a maintenant un petit accent brésilien.

TOUT CE QUE VOUS POURREZ FAIRE DE BIEN se retournera un jour contre vous. C'est la loi. Vous passerez en toute bonne foi un contrat et ceux-là mêmes qui le rompent finiront par vous accuser de l'avoir rompu.

Un dictateur vous ligote sans raison dans un cachot obscur. Des mois plus tard, une commission étrangère lui demande : pourquoi l'avez-vous arrêtée ? Le dictateur répond : je l'ai arrêtée parce qu'elle est laide sale méchante et vocifère des imprécations et dès qu'elle voit la lumière du jour elle cligne des yeux comme une folle et elle pue la pisse la merde la sueur et elle tient des propos incohérents ne dit qu'idioties et inepties.

Les envoyés étrangers n'en croient pas leurs oreilles, ils se souviennent de vous comme d'une personne sensée. Le dictateur sourit et accepte la demande des envoyés de vous rendre visite. Et – miracle d'avoir été détenue sans motif et laissée dans une cellule humide et froide dans le plus froid et le plus humide des cachots – lorsque vous sortez dans la cour vous clignez beaucoup des yeux, vous tenez des propos incohérents dites des idioties des inepties et empestez la pisse la merde la sueur.

Alors la commission reconnaît, embarrassée, que le dictateur a raison, finalement. Le miracle de la violence absurde : avec elle tout mensonge se mue en vérité.

Vous voulez un conseil, m'dame ? Ne dénoncez pas les injustices – vous ne ferez que passer pour une envieuse. Ne vous plaignez pas d'être maltraitée – on vous taxera de mesquine. Si l'on vous viole ne déposez pas plainte, non – à moins que vous n'ayez envie d'entendre leurs plaisanteries et d'éprouver dans votre chair le mépris fétide moisi sulfureux que seules les victimes savent susciter.

Une victime, ça pue, m'dame. Une victime, ça dégoûte. Rien ne répugne autant la bête humaine que la puanteur de la déroute.

Le jour où vous serez une victime, m'dame, la meilleure chose qui vous reste à faire, c'est de faire comme Chico et boire votre calice en silence.

Puis Carlos, reprenant son accent-de-patron :

— Mais si madame souhaite du terrorisme, nous en avons aussi.

Et Sousa, idem ibidem :

— Le terrorisme, c'est ce qui marche en ce moment.

— C'est un peu passé de mode.

— Mais ça marche encore.

— Ça marche toujours. Il suffit de congeler l'imagination.

— D'où l'importance de l'éclairage.

— Du contre-jour.

— Du jeu d'ombres.

— Ce qui est merveilleux avec les terroristes, c'est qu'eux, personne ne les voit, seulement leurs résultats.

— Ils pondent des œufs, et ceux-ci explosent, mais où sont les poules ?

— Et quand on les attrape, il y a de quoi être déçu.

— C'est vrai.

— Les terroristes n'ont pas des têtes de terroristes.

— Il y a de quoi s'interroger : « Est-il vraiment possible que ce garçon imberbe soit responsable de la mort de centaines de personnes ? »

— « Se peut-il qu'un monstre ait l'air si innocent ? »

— Le terrorisme est d'une beauté toute simple.

— C'est en quelque sorte notre produit le plus artisanal.

— On le croirait d'importation, mais le plus savoureux est encore fait maison.

— Certes, beaucoup moins sophistiqué que la frayeur économique. Pas aussi efficace non plus.

— Mais tout aussi paralysant, à sa façon.

— C'est bon pour les muscles, ça les étire.

— C'est bon pour les nerfs, ça les éveille.

— C'est bon pour les esprits, ça les assagit.

— Quelle paix, le terrorisme !

Carlos prend un air triste.

— Nos vies ont changé. Devenues des vies à moitié. Le terrorisme a fait de nous des otages. Nous allons dans un magasin.

— Et il peut y avoir une explosion. Nous sommes semi-vivants, morts-vivants. Nos vies ont changé. Nous marchons sur des œufs.

Sousa prend, sans grand succès, un air désolé.

— Nous essayons de comprendre. Mais il n'y a rien à comprendre.

— Les suspects sont partout. Un enfant traverse la rue dans notre direction, entre dans l'épicerie en même temps que nous. Et on en frémit. L'enfant semble innocent, il ne vient probablement que pour acheter des bonbons. Mais bien sûr qu'il semble innocent ! Pour être efficace, un terroriste doit être innocent !

Carlos dit :

— D'ailleurs, depuis quand les enfants sont-ils innocents ? David ne devait pas avoir plus de douze ans lorsqu'il assassina Goliath de sang-froid. En Afrique, dans les guerres civiles, ils usent et abusent des enfants-soldats. Des petits de onze ans armés jusqu'aux dents, ou même plus jeunes. Et au Brésil : un enfant armé d'une semi-automatique est-il encore un enfant ? Un homme voit un gamin arriver tout près de lui. Il n'y fait pas attention.

Et sans avoir eu le temps de comprendre ce qui lui arrive, il se retrouve encerclé par des gamins, méchants – cruels, comme des fourmis légionnaires. Des insectes prêts à vous déchiqueter en petits morceaux. L'innocence elle-même est une arme létale. Innocents, les gamins ? Même pas en rêve. Et la virginale Judith ne coupa-t-elle pas la tête d'Holopherne ?

Sousa dit :

— Une femme pénètre dans notre voiture. C'est une femme fragile. Mais est-ce vraiment le cas ? Sa famille est morte dans une attaque et désormais, avec ou sans raison, elle nous accuse. Peu importe ce dont elle nous accuse : d'être les auteurs moraux de l'attaque, d'être complices du crime ou, tout simplement, d'être restés silencieux quand sa famille s'est fait carnagée. Peu importe qu'elle ait raison ou pas, que cela ait été un accident, ou que tout cela n'ait été que le pur produit de son imagination, qu'il nous ait été impossible (même si nous l'avions voulu) d'aider supposément sa supposée famille. Le fait, aussi simple qu'il sied aux faits simples, est simple : elle nous accuse.

Carlos dit :

— Ou pas, elle ne nous accuse même pas. Elle est simplement devenue folle. À force de douleur réelle ou imaginaire, elle est devenue nihiliste, elle a renoncé à vivre, puis, au lieu de se tuer, a projeté sa rancœur sur les autres.

Sousa dit :

— La situation pourrait même prendre un tour ironique. Elle fut sauvée in extremis et, sans le vouloir, le bon samaritain qui la samaritaina, condamna à mort des dizaines voire des centaines ou des milliards de personnes. Croyant faire le bien, le petit saint sauva le monstre.

Carlos dit :

— C'est pour celles-ci et pour tant d'autres raisons que jamais (mais vraiment jamais) nous ne devons aider qui que ce soit. C'est que, croyant aider, nous faisons peut-être le contraire.

Sousa dit :

— Le bon côté du terrorisme, c'est qu'il fait remonter une sagesse antique. Qui dit : « Mieux vaut garder notre calme. » Garder notre calme, tout à fait paralysés, rester bien tranquillou.

Carlos :

— Avec un peu de chance, si nous sommes bien sages…

Sousa :

— Les yeux fermés, les oreilles sourdes, la bouche close…

Carlos :

— Peut-être qu'il ne nous arrivera rien.

Sousa :

— Peut-être.

Carlos :

— Autrefois, les communistes mangeaient des petits enfants au petit déjeuner.

Sousa entrouvre ses babines en une imitation malheureuse de sourire.

— Désormais, c'est nous qui mangeons du terrorisme au petit déjeuner.

Carlos :
— Et tu sais une chose ?
Sousa :
— On en redemande.

La femme sait qu'il vaut mieux ne rien dire. Elle sait aussi que cela n'a désormais plus beaucoup d'importance. C'est dommage, l'enfant et elle n'étaient que depuis quelques jours dans cet appartement. Enfin, ce ne sont pas les maisons qui manquent. Dans ce pays froid et triste, ce ne sont jamais les maisons qui manquent. Et elle demande presque avec humour :

— Et la crainte de la colère divine quand on a mal agi ? Messieurs ne fournissent-ils pas également ce produit ?

Carlos et Sousa se regardent, amusés. Carlos feint de se tordre, littéralement, comme s'il était un poupon démembré par une force supérieure et brutale, se tordre de rire.

— Oh ma petite dame, nous ne sommes plus au Moyen Âge ! Malgré tout, nous ne sommes plus au Moyen Âge !

— La crainte de Dieu, c'est *passé**, complète Sousa, dévoilant un snobisme linguistique insoupçonné.

— Je dirais même *outré**, renchérit Carlos, dévoilant un snobisme francophilique suspect.

— Dieu mammoutha.

La femme fronce les yeux, comme aveuglée : *mammoutha* ?

Comprenant qu'elle ne parle pas très bien la novlangue, ils l'éclairent :

— Il est devenu mammouth.

— Plus gelé qu'un mammouth.

— Il mammoutha.

— Il n'a pas su accompagner les évolutions de son temps.

— Oh, dans le tiers-monde la religion continue à avoir son importance.

— Ici ou là, elle n'a peut-être pas encore cessé d'être utile.

— D'être un raisonnable prétexte au massacre.

— Et dans les banlieues y en a encore un peu.

— Des Témoins de la Béatitude.

— Frappent aux portes avec leurs Bulletins Gratuits.

— Nous vous apportons la Bonne Nouvelle.

— Ou la Mauvaise Nouvelle.

— Mais la peur de la colère divine, celle-là, n'est plus.

— Choses d'autres temps.

— D'autres ères.

— D'autres lieux.

— Elle mammoutha.

— Elle a mammouthé.

— Foutue.

— À présent, ou tu dévores ou tu es dévoré.

— Nous avons passé trop de temps à vivre au-dessus de nos moyens.

— Maintenant, nous en payons le prix.

— Il est temps que nous procédions aux réformes structurelles nécessaires.

UNE JOLIE FEMME À LUNETTES NOIRES ET UN HOMME ÉLÉGANT à lunettes claires à une terrasse buvant un jus et regardant passer les voitures et les gens par une belle journée ensoleillée. Ils discutent courtoisement de cinéma et de philosophie. À un moment donné, probablement en retard pour ses cours, un jeune passe en courant et trébuche – et tombe. En un rien de temps, l'homme et la femme se jettent sur le jeune homme… Mais, agile gazelle, il se relève à temps et parvient à s'enfuir.

Fair-play et de bonne humeur, le couple se rassoit comme si de rien n'était. Ils reprennent rapidement le fil de leur conversation : une nouvelle vague du cinéma italien verra-t-elle le jour, capable d'égaler, en qualité et en pertinence, l'âge d'or du néoréalisme ? La femme pense que oui, l'homme pense que non. Mais le tout, comme toujours, dans un climat de respect mutuel.

Au bout d'un moment, une femme d'âge moyen traverse la rue avec un sac de courses. Elle est visiblement fatiguée, elle n'a plus l'énergie d'autrefois. Ses oignons aux pieds, ses varices la font souffrir, elle a du mal à respirer.

L'homme élégant et la jolie femme se regardent, sourient – et, en un clin d'œil, se jettent sur la femme. Voraces. Cette fois ils atteignent leur cible.

Moins d'une minute après, ils lâchent leur proie, ou ce qu'il en reste, et retournent à leur table en terrasse. La femme a les babines tachées de sang. L'homme élégant les lui nettoie amoureusement. La carcasse de la victime gît sur le goudron. Une bande de banquiers, affamés, s'approche des restes ; d'abord hésitants, puis plus fermes et décidés. Tripes à l'air, la victime tressaille. Les banquiers reculent, puis comprennent que ce n'était qu'un râle et s'approchent de nouveau. L'un d'eux saisit un pavé de rue portugais et écrase la tête de la femme jusqu'à ce qu'en sorte la masse encéphale. Les autres grognent, les narines heureuses.

L'homme élégant et la jolie femme sourient, en un mélange d'approbation ironique et de mépris bienveillant. Sur un geste, le serveur s'approche. On perçoit chez lui une certaine crainte, qu'il s'efforce de camoufler. Il n'est plus tout à fait humain, plutôt un caméléon bipède. L'homme élégant commande deux gin tonics. La jolie femme rectifie : pour elle, une coupe de mousseux pour commencer.

Oui, va pour du national. Le temps n'est pas aux modes.

— **Madame n'y comprend goutte,** n'est-ce pas ?

— Ne vous inquiétez pas, ne pas comprendre, désormais, c'est comprendre.

— On y gagne à ne pas comprendre.

— Moins vous comprendrez, mieux ce sera pour vous.

— Pour tout le monde.

— De toute façon, si nous disions la vérité, personne n'y comprendrait rien.

— Voilà pourquoi le mieux est de simplifier.

— Pour un futur meilleur.

— Le Portugal en grand.

— Pour le Progrès.

— Pour le bien de la nation.

— Remarquez que ça marche avec tout.

— « Votre fils est envoyé en guerre pour offrir à nos fils un futur meilleur. »

— « Service fermé pour mieux vous servir. »

— « Cessez d'avoir faim, faites un régime. »

— « Dieu nous châtie car Il nous aime. »

— « Nous sommes ici pour vous servir, c'est pourquoi nous disposons de vous selon notre bon plaisir. »

— « C'est plus à toi qu'à moi que ça va faire mal. »

— « Nous voulons dire la vérité, mais la vérité, c'est que les gens ne sont pas prêts à entendre la vérité. »

— « Nous cesserons de vous traiter comme des enfants le jour où vous cesserez de vous comporter comme des enfants. »

— « N'allez pas croire que nous ne traversons pas, nous aussi, des difficultés. »

— Madame sait ce que le capitaine du négrier disait aux esclaves dans la cale du navire lorsqu'ils se plaignaient de la faim et de la soif?

— Exactement, chère madame.

— « Trêve de pleurnicheries. Nous sommes tous dans le même bateau. »

— Et c'était la vérité pure et simple.

— Sauf que les esclaves, c'est bien connu, ne considéraient que leur propre point de vue.

— Il est des gens tellement égoïstes.

— C'est pour cela, précisément, pour lutter contre l'égoïsme, qu'il faut installer la peur.

— Et il n'y a rien à faire, chère madame. La peur, quand elle est bien installée…

— Et *bien* installée, il faut qu'elle le soit…

— La peur, bien installée, substitue les Bonnes Réponses aux Mauvaises Questions.

— En nous infantilisant, chère madame, la peur ne nous diminue pas, bien au contraire, elle nous élève.

— Par la peur, l'enfance du monde nous est rendue.

— **C'est tout net, chère madame,** dit Carlos. Uniquement joies et avantages.

— Et, gratis…

— En bonus…

— Avec la peur, nous fournissons la paranoïa.

Sousa se lèche les babines.

— Oh, la paranoïa.

Carlos se lèche les lèvres.

— Hou là, là, la paranoïa…

Sousa :

— Que dis-je, la paranoïa, un vrai régal, oui !

Carlos corolle :

— Et les gens se font tout petits.

Sousa approuve :

— Ils se font tout petits.

Carlos corolle :

— La peur engendre cet effet primaire.

Sousa fronce le sourcil.

— Excusez-moi, monsieur Carlos. N'est-il pas plutôt secondaire ?

Carlos se montre lapidaire :

— Non, résolument primaire.

Sousa, bonne brute, accepte :

— C'est l'idéal pour tous.

— Plus de peur = moins d'agitations.

— Plus de peur = plus de divertissement.

— Peur = paix sociale.

— Même lorsqu'ils ont déjà presque tout perdu, les gens ont toujours peur de perdre encore davantage.

— Peur que leur sacrifice ait été vain.

— Le secret est dans le *presque*.

— Les gens pensent : si on dépasse les limites ce sera encore pire.

— Le sacrifice est une chose, l'auto-immolation en est une autre.

— L'astuce est de ne jamais dire où est la limite.

— De laisser les gens deviner.

— De les laisser dans l'obscurité.

— Dans l'obscurité d'une chambre obscure.

— Là, les gens ouvrent les yeux.

— Ouvrent les yeux et voient.

— Voient qu'ils ne voient rien.

— Et cèdent.

— Craquent.

— Ils ouvrent les yeux sur la réalité toute neuve.

— Ils comprennent que c'est ce qu'il y a de mieux pour eux.

— Ne pas faire de vagues.

— Il suffit de leur dire : « Ne faites rien pour l'instant, c'est encore ce qu'il y a de mieux. Ensuite, discrètement, nous nous occuperons de votre cas. »

— « *Discrètement*. »

— Voilà le secret.

— L'astuce.

— Ne pas faire de vagues.

— « De toute façon, il n'y a pas de bouées pour tout le monde. Revenez nous voir plus tard. »

— C'est ce qui se passa sur le *Titanic* quand les passagers de troisième classe parvinrent à atteindre le pont, et virent que l'on sauvait en premier les passagers de la première classe.

— C'est logique. En premier, ceux de la première.

— C'est ce qui se passe sur le bateau lorsqu'un des naufragés découvre finalement que leur stoïque leader cachait de l'eau et des petits gâteaux qu'il consommait en cachette.

— « Chut, ne dites rien, plus tard je partagerai un peu avec vous. »

— « De toute façon, si vous me dénoncez, il n'y en aura pas assez pour tout le monde. »

— « Au fond, nous sommes tous dans le même bateau. »

— « Et vous iriez saper le peu d'espoir qu'ont encore les autres rameurs. C'est cela que vous voulez ? »

— « Ne me dites pas que vous êtes égoïste au point de ne penser qu'à vous. »

— Là, le naufragé cède.

— Les gens cèdent.

— Ils cessent d'avoir les yeux bandés.

— Pour se retrouver les yeux vendus.

— Vendus à la néoréalité.

— Au poids des réalités possibles.

— Ils comprennent que rester sagement sans rien dire est encore ce qu'il y a de mieux pour eux.

— Et ils signent les yeux fermés.

— Le contrat.

— N'importe quel contrat.

— Les yeux vendus.

— Les yeux vaincus.

— Livrés à l'excellence des canaux de la peur.

— Véhicules inégalables.

— Oh, nous savons bien que les meilleures peurs sont celles qui sont faites maison.

— Recette maison.

— Nulle peur ne vaut celle que nous buvons à même le sein maternel.

— Mais…

— Chacun fait ce qu'il peut.

— Si nous faisons tous ce que nous pouvons, nous obtiendrons un pays meilleur.

— Un monde meilleur.

— Nos critiques sont une bande d'hypocrites.

— Ils disent aimer le doute, mais une fois installé, ils ne l'aiment plus tant que ça.

— Ils ne veulent que d'un doute doué d'« esprit critique ».

— Autrement dit, à leur façon.

— Mais le doute peut…

— Et doit…

— Également être associé à la peur.

— Pour quelle raison tout devrait-il être limpide ?

— Alors que si nous fermons les yeux, nous y voyons encore mieux ?

— Alors que si nous avions peur, qui nous dit que nous ne serions pas même meilleurs ?

— En fin de compte, les maladies sont-elles contagieuses oui ou non ?

— Peut-on attraper une maladie par un baiser ?

— Une poignée de main ?

— La vérité, c'est qu'on peut.

— C'est la triste vérité.

— Une autre triste vérité : ce n'est pas la peur qui est contagieuse.

— Ce sont les gens.

— Toujours les gens.

— C'est l'humanité qui est contagieuse.

— Non pas que nous affirmions que l'humanité est une maladie, bien entendu.

— Pas nécessairement.

— Mais même les maladies les moins contagieuses peuvent, au prix d'une bonne étude, se révéler contagieuses.

— Comme Alzheimer.

— Madame sait-elle qu'on a maintenant découvert qu'Alzheimer est contagieuse, comme la maladie de la vache folle ?

— Les prions.

— Une étude récente, chère madame.

— Très récente.

— Manque encore l'analyse des données.

— Mais c'est possible.

— La démence.

— La démence est contagieuse.

— Ou même héréditaire.

— Pensez-y, chère madame.

— Pensez-y.

— Parce que, croyez-moi, nombreux sont ceux qui y pensent déjà.

— Y compris parce que, tôt ou tard, nous y penserons tous.

— À moins que nous ne cessions de penser.

— Voilà tout.

DEPUIS COMBIEN DE TEMPS LA MALADIE SE CACHAIT-ELLE ? Et pendant combien de temps mon père a-t-il su ? Est-ce la raison pour laquelle il se montra si docile quand je l'emmenai chez moi ? Parce qu'il savait – il savait – qu'il avait depuis des années la maladie ? (Et, comme dans les films, ne fut-ce pas même un soulagement quand, enfin, il se fit prendre ?)

Il est vrai que je m'étonnai, cet après-midi-là, de ne pas l'entendre protester quand je l'emmenai chez moi au lieu de le laisser rentrer chez lui. Et qu'il me laissât, presque comme si c'était normal, le laver (lui nettoyer le derrière) alors que, à peine un jour plus tôt, il semblait capable de tout faire tout seul…

La maladie. La maladie savait qu'elle ne pouvait se cacher plus longtemps. Serait-ce la maladie – et non pas lui – qui s'est laissé prendre ? Elle s'est laissé prendre – et pourquoi ? Parce qu'elle aurait senti qu'elle ne pouvait se cacher plus longtemps et décidé d'accepter la défaite annoncée ? La maladie aurait-elle décidé de passer ses derniers jours à se la couler douce, dans un foyer, ou chez moi, sans plus lutter pour maîtriser cet homme-là, puisqu'elle lui avait sucé tout ce qu'il y avait à sucer ? Puisqu'elle lui avait déjà aspiré le cerveau ?

La maladie aurait-elle accepté de mourir – mourir de faim ?

Ou, au contraire, aurait-elle anticipé son destin (s'éteindre avec son hôte) à moins de trouver (oyez, oyez, il se fait tard et le convoi n'attend pas) un nouvel hôte ?

Maintenant, c'est moi qui tente de cacher mon crime – c'est moi qui suis en train de perdre la raison. Oui, j'essaie de m'en cacher. Par honte ? Probablement. C'est logique : tout criminel a peur de se faire prendre.

Pour quelle raison n'aurais-je pas aussi, moi qui ai commis le plus grand des crimes, peur de me faire prendre ?

Le plus grand des crimes. Une maladie mentale est toujours le pire des crimes. Dans mon cas, une de celles qui vous effacent le cerveau comme une gomme le fait avec les mots mal écrits.

— Vous rappelez-vous ce que vous avez fait hier ?

— Non.

— C'est ce qu'ils disent tous pour faire croire qu'ils sont innocents.

Et ils ont sans doute raison, ceux qui nous accusent. Je ne me rappelle pas ce que j'ai fait hier, je ne me souviens pas du nom à donner au lavabo (en l'occurrence si, je m'en souviens encore, « lavabo », c'était juste un exemple), je ne me rappelle plus rien. Quelle meilleure preuve du crime que celle-ci ?

Maintenant, je tremble de peur chaque fois que je vois quelqu'un me saluer et que je tarde à le reconnaître. Pour le moment, je suis parvenu à bien dissimuler la maladie. Mais… et quand je n'y arriverai plus ?

J'ai même déjà peur d'approcher les miroirs. Non par peur de ne plus y voir mon reflet. Ça (au moins je le sais), ce sont les vampires. Si j'évite les miroirs, c'est à cause d'une peur bien pire que celle-là.

La peur de ne pas me reconnaître dans le miroir. De trouver là, dans cette image qui se reflète, souriante grosse et satisfaite, la maladie.

— **Je n'en peux vraiment plus,** dit Sousa. Si on ne part pas immédiatement, je vais pisser sur place.

Carlos sait que tout spectacle, aussi bon soit-il, a une durée de validité limitée et que nous ne devons pas lasser l'auditoire avec des rappels. L'artiste qui sort de scène en laissant la salle implorer une autre, une autre, est raisonnable, contrairement à celui qui se laisse emporter par l'illusion des applaudissements et finit par saturer les oreilles des personnes qui, quelques minutes plus tôt, semblaient « folles de désir », comme on le disait autrefois des débutantes pseudo-ingénues sur les cassettes vidéo *softcore*.

Carlos sait tout cela, il sait qu'il est temps d'en finir, il sait que les quatre-vingt-dix minutes réglementaires recommandées pour l'installation de l'appareillomètre sont déjà passées depuis un moment. Il sait aussi – ou devrait le savoir – ce qu'est la vessie de Sousa. Mais il ne résiste pas à l'appel de la scène. Erreur. Qu'il sorte maintenant et peut-être (peut-être) en sortira-t-il indemne. Mais là, pauvre diable, il s'enfonce.

Tout vient à point pour qui sait attendre...

— Chère madame, le plus beau avec la peur, c'est que chacun peut se créer la sienne. Notre travail, au fond, se contente d'en promouvoir l'idée.

***From** : (à remplir par l'intéressé)*

***Subject** : Avertissez vos enfants et petits-enfants*

URGENT!

Date : Fri, 13 06/06/06 + 0100

Attention, parents de jeunes susceptibles de sortir le soir ou après l'école. Avertissez vos enfants, s'ils croisent un enfant avec un accent étranger pleurant dans la rue, sur le trottoir, etc., une adresse à la main et leur demandant de les y accompagner, qu'ils le prennent et l'emmènent au poste de la GEND, de la DOPC, à la DGEF, POLICE, ETC., et non à cette adresse.

CECI EST UNE NOUVELLE MÉTHODE D'ENLÈVEMENT DES ENFANTS ET DES JEUNES DE LA PART DES MAFIAS ÉTRANGÈRES QUI SÉVISSENT DANS NOTRE PAYS.

Faites circuler le plus possible !!! Pour le bien de tous*.

(*) Même ceux qui n'ont pas d'enfants ont des neveux, des filleuls, des enfants d'amis, etc.

— Les faits sont les faits, chère madame, dit Carlos, le beau parleur.

— La peur approche, complète Sousa, gêné mais obéissant.

— Qu'on le veuille ou non.

— Au début on s'en garde, puis elle nous gagne, clarifie Sousa.

— C'est ce que les gens disent.

— La peur approche, confirme Sousa.

— Et ce sera bien, assure Carlos.

— Rapide, indolore, précise Sousa.

— Enfin, presque, dit Carlos en souriant.

Sousa grogne et dit alors ce qu'il ne devait vraiment pas dire :

— Bon, les toilettes, c'est la porte à droite, c'est ça ?

La main de la femme se crispe.

— Sousa, madame a dit que les toilettes étaient hors service…

— Et moi, je suis en train de me chier dessus, dit Sousa. Quand c'est l'heure, c'est l'heure.

Sousa avance et la femme lui emboîte le pas. Elle a quelque chose dans la main qui sort d'on ne sait où. Un pied-de-biche ? Sousa ouvre la porte et voit ce qu'il ne devait pas voir.

— Mais quelle c… ?

La tête de Sousa éclate, et il tombe, lourd, tel le rideau d'un vieux théâtre.

Carlos sent qu'il y a quelque chose qui ne va pas, ne lui demandez pas pourquoi, il sent qu'il y a quelque chose qui ne va pas du tout. Seulement, les muscles, c'est Sousa. Lui est un homme du verbe, pas un homme d'action.

Il est des moments où les gens sentent les choses avant de les sentir. Reste d'un temps primitif où la bête humaine se devait d'être alerte à chaque instant, un temps où la peur était omniprésente, omnipotente, et n'avait pas besoin d'être installée artificiellement car *elle était toujours là* : dans l'obscurité de la nuit, dans l'humidité de la caverne, dans les grognements des bêtes, dans les météorites, dans la multitude des menaces. Un temps où existait encore l'équilibre naturel des espèces, où les hommes ne dominaient pas encore les autres animaux, un temps où la nature avait encore force de loi.

C'est cela, un pressentiment : une information qui atteint notre centre nerveux et qui, avant même que sa véracité ne soit testée, déclenche nos mécanismes de défense, place notre corps tout entier en état d'alerte maximum.

Dans les toilettes, la femme regarde l'enfant apeuré. Elle sourit, attendrie. Tout va bien, dit son sourire. Tout va bien, mon chéri, dit le sourire de ses yeux émus et heureux, soulagés de voir que l'enfant va bien.

Maman, j'ai faim.

Chut, mon chéri, tout va bien. Maman va préparer la viande, tout de suite. Encore une petite seconde.

IV. Corollaire

Tu dis : il faut construire le futur.
Je comprends maintenant
pourquoi tu détruis le présent.
Pour poser les fondations.

Alberto Pimenta

La femme avait tenté de les mettre dehors. Elle avait été aussi docile que possible. Elle les avait écoutés en silence. Mais non, eux se sentaient les rois du monde. Et maintenant ? Maintenant il est trop tard. Ils voient l'enfant et la femme doit agir, avant d'éveiller leurs soupçons. Et elle agit. Avec une rapidité presque surhumaine. Ou inhumaine. Inhumaine, oui.

Sousa tomba vite, comme un éboulement de terre dans un ravin : à pic et dans un silence étrange. Un pied-de-biche est un pied-de-biche : si le coup ne l'a pas tué, nous n'en sommes plus très loin. Le doux-causeur se recroqueville, paralysé, au moment où, sans comprendre, il comprend tout. Mais contrairement à Sousa (que la femme avait identifié comme étant encore le plus capable des deux), celui-ci, à l'heure de vérité, se fait tout petit – petit oiseau hypnotisé par le cobra. Ou cobra découvrant, fasciné, qu'il a en face de lui non pas un petit oiseau, mais un anaconda.

Ce fut, disons-le, entièrement leur faute. Ils supposèrent que la maison était celle de la femme. Mauvaise supposition. Ils supposèrent qu'elle était une femme au foyer docile. Mauvaise supposition. Ils n'ont pas compris que c'était une mère, et qu'une mère, lorsqu'il s'agit de défendre son fils, déploie des forces extraordinaires. Ils supposèrent que sa nervosité, lorsqu'ils frappèrent à la porte, était due à leur air intimidant – mauvaise supposition.

Carlos se réveille – ou croit se réveiller. Il est attaché, les mains derrière le dos. Que s'est-il passé ? Ah, oui, la femme. Carlos essaie de garder son sang-froid. Il s'attend à ce que la femme fasse la liste des préjudices subis – n'est-ce pas ce que font les indignés dans ces cas-là ? « Vous avez détruit ma vie, je me suis retrouvée au chômage, moi qui, il y a quinze ans, étais professeure fonctionnaire juriste infirmière, votre politique a détruit ma vie, vous vous amusez avec la vie des gens, en tirant dans le tas, pour voir si les gens courbent l'échine, vous n'avez aucun respect, vous êtes la canaille de la pire espèce qu'on ait jamais vue et vous n'avez pas le droit. Et vous exigez des autres ce que vous ne respectez pas. Vous trichez et prêchez la bonne parole. Vous faites vos magouilles et exigez de la pureté. Vous attisez le feu avec du pétrole, coupez une jambe au malade et vous vantez de lui avoir fait perdre vingt kilos, vous appelez « chirurgie » votre logique de bouchers. Vous êtes en train d'essayer de faire la révolution, votre révolution à l'envers, d'essayer de changer de modèle social, de modèle humain, de conduire le bateau à l'opposé du bon port. » Etc. etc. etc. Carlos s'attend à cela. À cela et à une demande de rançon. Ou à une liste de conditions :

« Je veux que ma subvention pour Noël soit rétablie, que le bus 22 reprenne du service, je veux retrouver mon emploi stable, je veux avoir accès aux services de santé, je veux mes médicaments, je veux je veux je veux… » Ils en voulaient, des choses, ces gens-là, vous parlez d'un manque de réalisme ! Quand vont-ils s'apercevoir que l'humanité n'est plus ? Carlos était habitué à ces hystéries, ces pleurnicheries, il était même déjà arrivé que des gens se barricadent dans leurs appartements, refusant de libérer les agents de la peur ; puis venaient les négociations, et les promesses, et au bout de plusieurs heures les malheureux finissaient par céder, à la fatigue ou aux promesses, et ils se rendaient, et la chose était résolue discrètement. Il y avait également les protestations de rue, mais celles-là, ce n'était pas un problème. C'était expliqué dans la bible des services : un petit groupe bien organisé et solidaire, aux objectifs clairs, peut vaincre sans difficultés un groupe bien plus grand, surtout si ce dernier peut être facilement dispersé et ne parvient qu'à une unité de façade le temps des quelques heures que durent les premières manifestations. Règle numéro un de la gouvernance : diviser est toujours plus facile que d'additionner. Démoraliser, un pari toujours plus certain que de moraliser. Les humains, au même titre que les autres matériaux, s'usent vite.

Le problème, c'est que la femme ne dit rien de tout cela. La femme ne proteste pas, ne râle pas, ne s'emporte pas. Elle semble calme. Le calme est dangereux. Le calme fait peur.

À moitié inconscient, gémissant, Carlos ne peut s'empêcher d'ajouter plus de torture à la torture : et s'ils étaient partis cinq minutes plus tôt, auraient-ils été sauvés ?

On ne sait jamais. On ne sait jamais ce qui pourrait se passer si… Si si si si si si. Si, au lieu de tourner à ce coin de rue, j'avais tourné au suivant. Si si si si si. Si j'avais mis ma ceinture, si j'avais attendu le feu, si j'avais vu le feu. Si si si si. Si j'avais vu le feu. Le feu des dieux. Les dieux (c'est écrit) envoient toujours un signal, c'est nous qui sommes myopes distraits arrogants ignorants, nous ne savons pas lire, nous ne savons pas écouter, nous ne savons pas voir. Nous ne savons pas même craindre comme il se doit, *porca miseria.*

Chut. Arrêtez de gémir. Il manquerait plus que vous me réveilliez le petit.

C'est la femme qui a parlé ? Mais quel petit ? Ici, il n'y a aucun petit. Rien que Sousa, à côté de lui, allongé face contre terre, une auréole de mauvais augure (une sombre mélasse) autour de la tête. Et, dans la baignoire… Dans la baignoire, un ou deux corps, ou des morceaux de corps, dans une position peu naturelle. Ici une jambe, là des yeux qui semblent encore vivants, mais Carlos sait qu'ils ne sont pas vivants – ça ne se peut pas – puisqu'ils n'appartiennent plus à aucun visage. Mais la femme insiste :

Juste à côté de vous. Voyez donc comme il est mignon, mon petit. Dites un peu si ce n'est pas une merveille.

Carlos regarde, et regarde encore : mais à côté de lui, il n'y a rien. Ah, si, une poupée, mais même pas du genre de ces bébés qui donnent l'illusion d'être vrais, à l'échelle un sur un. Celle-ci, poupée, ou poupon, est toute sale, avec un trait rouge (du rouge à lèvres ?) qui lui barre le visage d'une joue à l'autre. Est-ce *cela* que la femme appelle son fils ?

La femme est folle. C'est sûr. C'est sûr.

— Je… J'ai une femme et des enfants, ment Carlos. Je ne faisais que mon travail…

S'il en avait le courage, il implorerait la mort, non la vie. Une mort rapide. C'est d'ailleurs peut-être ce qu'il est en train de faire, si l'on considère que la mort est cynique et sournoise, et que c'est précisement lorsqu'elle juge qu'on ne veut pas l'embrasser qu'elle facilite les choses.

Car Carlos le beau parleur, humble fonctionnaire de rang D au service de l'installation de la peur, bien qu'il ne comprenne pas, comprend. Finalement, c'est bien lui qui a parlé à la femme des bandes d'assassins nihilistes allant jusque chez les gens pour les écarteler, leur voler leur or, ou simplement poussées par un fol néo-appétit pour les danses de la cruauté. À une époque comme celle-ci, dont le modèle social est l'Inde – pas l'Inde des sages, plutôt celle des inégalités infinies, des contrastes brutaux inacceptables-acceptables. « Le pays connaît même une certaine croissance, il y a beaucoup d'initiatives entrepreneuriales. » *Vous vouliez des temps médiévaux ?* Eh bien, à présent, ne vous plaignez pas. En ces temps néomédiévaux les sectes reviennent, les mille et une folies, les nobles écarteleurs, les moines reproducteurs, le culte du sang, ceux que la raison a rendus fous, les danseurs du sang. La fin du monde devenue spectacle au quotidien en séances ininterrompues du matin au soir.

Le visage de la femme passe, en une succession de photogrammes, images arrêtées, vingt-quatre par seconde, dans le cerveau apeuré de Carlos. Quels signes a-t-il mal interprétés ? Quels indices sur son visage montraient qu'elle était une folle homicide ? Que s'est-il passé au juste ? Fut-il si absorbé par son propre discours, par les automatismes dans la vente du produit, qu'il en oublia de vérifier s'il n'y avait pas quelque chose qui clochait ?

Ces garçons, ces garçons. Idiots de garçons.

Carlos se rend compte, comme s'il l'entendait pour la première fois, que la voix de la femme est douce et belle, comme l'est toujours la voix des monstres.

J'ai essayé, j'ai été patiente, j'allais même vous laisser partir. Je voulais simplement que vous laissiez mon enfant tranquille. C'était trop vous demander ?

Carlos écoute. Ou imagine qu'il écoute.

Désormais, vous pouvez pousser des cris, plein de cris. Ne vous inquiétez pas, les voisins ne viendront pas. Vous avez trop bien fait votre travail.

La voix de la femme sourit, elle est sereine, tellement sereine. Elle calmerait presque Carlos s'il n'était pas en état de choc. Une voix que l'on aimerait entendre nous raconter une histoire pour dormir.

Les gens penseront que c'est la télévision. Ou alors que, oui, quelque chose ne va pas mais que le mieux est encore que ça tombe dans l'oreille d'un sou. D'un sourd, pardon.

Carlos ne veut regarder dans aucune direction, surtout pas vers le bas, par crainte de voir ses intestins enroulés au sol. Et si la douleur était simplement atténuée sous l'effet du choc et qu'elle ne devienne d'ici peu véritablement insupportable ?

Les garçons. Je suis presque peinée de vous dire adieu, vous auriez fait une excellente compagnie pour mon enfant. Et il a besoin de compagnie. Enfin, il va devoir jouer avec vos morceaux, mais d'une certaine manière, c'est un peu aussi jouer avec vous, non ? Et puis vous connaissez les enfants, tôt ou tard, ils cassent tout.

Non, Carlos ne sait pas si c'est la femme qui parle ou si c'est lui qui s'imagine des choses. Imagination de moribond qui voit toute sa vie défiler devant lui, ou mieux, qui voit sa vie lui échapper. Son imagination cherche une explication logique : la femme a vécu un terrible trauma et elle est devenue comme ça. Mais lui, quel trauma l'a-t-il amené à devenir comme ça ? Aucun, ce fut une simple opportunité professionnelle. Alors, à elle, il lui est peut-être arrivé la même chose : elle est devenue psychopathe homicide cannibale suite à une opportunité professionnelle.

Où en étions-nous ? Ah, oui. Supposons (supposons) que vous soyez morts et que vous êtes maintenant en enfer. Et l'enfer, le voici : tous les jours, privés de souvenirs, vous répéterez les mêmes choses jusqu'à ce qu'il soit trop tard, jusqu'à ce que vous compreniez (trop tard, comme dans les bons contes d'horreur) votre erreur insensée, celle d'être venus faire votre travail auprès de celui qui fait également votre travail. Bouvard et Pécuchet, ça vous dit quelque chose ? Pourtant ça devrait. J'ai été professeure en lycée et je sais ces choses-là. Carlos et Ega dans Les Maia, *ça ne vous dit rien non plus ? Et Vladimir et Estragon ?*

Dommage, parce que alors ceux-là, c'est votre portrait craché. Et Laurel et Hardy, et Dupond et Dupont, et M. Solo et Illya, et Goldfinger et Oddjob ? Vous marchez dans les pas de tous les duos du monde de boute-en-train à bout. Vous êtes des monstres dans un album d'autocollants, des vendeurs de pacotille, vous croyez imposer le produit alors qu'en réalité, comme les trafiquants qui tournent mal, vous finissez par le consommer aussi. Félicitations, bienvenus dans le monde des clients satisfaits – vous avez si bien colporté le produit de par le monde que vous l'avez dans la peau, incrusté. Pauvres boute-en-train à bout.

— M-mais…

La femme bouge à peine un doigt et les mots restent là, coincés dans la gorge du beau parleur. Il suffoque, suspendu en l'air, sans parvenir à respirer. La femme fronce le sourcil et là, il y a bien quelques mots qui sortent de sa gorge, seulement ils sont congelés, leurs lettres détachées, planant devant ses lèvres comme dans des bulles de savon. Lettres séparées, lettres qui ne forment pas un mot, à moins d'être doué pour les anagrammes. E U R P. EURP. PURE. PREU. REUP. PUER. PEUR. PEUR. PEUR.

Sousa, en voilà un qui est malin, lui est déjà mort. Non, les paupières palpitent encore. Mais il a mieux compris, avant son collègue. Nous sommes cuits. Ils sont cuits. Rien d'extraordinaire, tout ce qu'il y a de plus ordinaire. Si ça se trouve, ils étaient cuits depuis le début.

Oui, mon pauvre Sousa. Oui. Je suis folle. Zinzin, complètement dérangée, fêlée, toquée du bocal. Et tout ça grâce à vos collègues. Vous êtes arrivés trop tard. La peur est déjà installée.

La voix de la femme sourit. Pour Carlos, il est encore temps, tristement, de se poser une question philosophique à la noix : comment diable une personne perçoit-elle qu'une voix lui sourit ? Et dire que ça se voit même au téléphone. Les scientifiques ne l'ont jamais expliqué. Ou ne s'y sont jamais intéressés. Au son des sourires.

Ce n'est rien de personnel, les gars. C'est vrai qu'une des règles du jeu est d'éliminer la concurrence. Mais je commençais presque à vous trouver amusants. J'en ai appris long. C'est donc vrai : qui ne peut agir donne des leçons. N'est-ce pas, Morphée ?

Carlos sourit presque. Le prénom de l'enfant est Morphée. A-t-il jamais existé ? Serait-ce le fantôme d'un fils réel dont la mort a fait sombrer la femme dans la folie – ou seulement l'embryon du fils désiré qui n'est jamais venu ? Ou l'enfant d'un autre dont elle a causé la mort sans le vouloir (renversé, par exemple) et qui lui a tourneboulé l'entendement ? Peu importe. Carlos peut mourir en paix. Il ne sait rien de rien, mais il sait que le petit (imaginaire, mais ce n'est pas le moment de pinailler) s'appelle Morphée.

Tu veux jouer avec moi ? À cache-cache ? Toi, tu fais l'ogre et moi, je dois m'enfuir pour pas que tu me manges, d'accord ?

Note de l'auteur

Mon intention initiale était de ne pas mettre un seul mot de moi dans ce texte. Mais entretemps, comme Pierre Ménard, je suis arrivé à la conclusion que cela serait à la fois trop simple et trop compliqué. J'ai malgré tout conservé quelques bribes d'autrui, désormais passées à la postérité (que celui qui veut la santé l'achète, passe encore, nous sommes tous dans le même bateau, nous devons être là les uns pour les autres, etc.) À la page 138 je reprends un passage d'un article de Vasco Graça Moura (*Diário de Notícias, 22/5/12*) et à la page 164 un mail que j'ai réellement reçu sur ma messagerie. À la page 131 je n'ai pas résisté au clin d'œil à *L'Autoroute du Sud* de Cortázar, ainsi qu'aux dieux de Lovecraft à la page 125. Le calice (p. 142), est, nous le savons tous, de Chico Buarque. Et il y en a d'autres, que je m'autorise à ne pas référencer ici. L'anecdote du riche et du pauvre (p. 126) m'a été contée par l'éditeur Carlos da Veiga Ferreira. Le vers « le mythe est le rien qui est tout » (p. 56) est de Fernando Pessoa, tiré du poème *Ulysse* (Mensagem, 1934). Sont aussi de Pessoa, ou de son hétéronyme Ricardo Reis, les vers sur la vie et l'échec (p. 7 et 61), qu'on peut trouver dans « Poèmes païens » , traduit par Maria Antonia Câmara Manuel, Michel Chandeigne et Patrick Quillier (Christian Bourgois, 2004). Nous devons la chanson *O corpo é que paga* – « C'est le corps qui trinque » – citée p. 101 au tsunami pop des années 1980, António Variações.

Leonor Areal, Isabel Costa Marques et Patrícia Reis ont eu la gentillesse de lire le manuscrit et je soupçonne que, grâce à leurs remarques, les meilleurs passages du livre ont été éliminés ou réécrits. Je remercie également (et beaucoup) Maïra Muchnik pour la magnifique traduction de ce livre dans la langue de Voltaire et de Jean-Philippe Smet. Évidemment, si un lecteur n'aimait pas le livre, c'est entièrement sa faute.

Et, pour sûr, je remercie également le sage chinois qui m'a béni de sa sympathique malédiction « Qu'il te soit donné de vivre une époque intéressante ». C'est vrai, je vis. Nous vivons tous, non ?

TABLE

REMERCIEMENTS DE LA TRADUCTRICE

La traductrice remercie chaleureusement ses amis André Belo et Teresa Castro pour leur écoute et leurs conseils.

Du même auteur :

Le Destin du touriste
Éditions Métailié, 2011

Déjà parus dans la collection
Agullo Fiction :

Refuge 3/9
Anna Starobinets

La Destinée, la Mort et moi,
comment j'ai conjuré le sort
S. G. Browne

Achevé d'imprimer en juin 2016
sur les presses de
la Nouvelle Imprimerie Laballery
pour le compte de Agullo Éditions.
N° d'impression : 604408
X00041/61

ISBN : 979-10-95718-06-2
Dépôt légal : septembre 2016